大地雕像

DADI DIAOXIANG

新疆维吾尔自治区作家协会　编

新时代文丛

XINSHIDAI WENCONG

／第四辑／

新疆人民出版总社
新疆人民出版社

图书在版编目(CIP)数据

大地雕像/新疆维吾尔自治区作家协会编.—乌鲁木齐:新疆人民出版社,2021.6
(新时代文丛.第四辑)
ISBN 978-7-228-20738-1

Ⅰ.①大… Ⅱ.①新… Ⅲ.①报告文学—中国—当代 Ⅳ.①I25

中国版本图书馆CIP数据核字(2021)第095634号

大地雕像
DADI DIAOXIANG

◎ 丛书统筹 陈 漠 孙祁娟
◎ 责任编辑 杨 利
◎ 书籍设计 王 洋

出 版 新疆人民出版总社
新疆人民出版社
地 址 乌鲁木齐市解放南路348号
邮 编 830001
制 作 乌鲁木齐捷迅彩艺有限责任公司
印 刷 新疆新华印务有限责任公司
开 本 710 mm × 1020 mm 1/16
印 张 12印张
字 数 150千字
版 次 2021年6月第1版
印 次 2021年6月第1次印刷
定 价 25.00元

序

“文章合为时而著,歌诗合为事而作。”

习近平总书记指出:“文艺是时代前进的号角,最能代表一个时代的风貌,最能引领一个时代的风气。”这一重要论断准确地把握了文艺与时代的紧密联系,深刻揭示了文艺在展现时代精神、推动时代进步中的独特作用和重要意义。

“文变染乎世情,兴废系乎时序。”文艺是时代的记录——记录着不同时代人们的生产生活状态,记录着人们精神世界的喜怒哀乐,记录着人们对未来世界的思考和向往。

“雄关漫道真如铁,而今迈步从头越。”七十多年沧桑岁月,新中国这艘巨轮,有以习近平同志为核心的党中央领航掌舵,有亿万中华儿女的勠力同心,正在扬帆起航的我们同心筑梦新时代,脱贫攻坚奔小康,朝着“十四五”规划提出的宏伟蓝图和二〇三五年远景目标、开启全面建设社会主义现代化国家新征程奋斗。

全新的时代闪亮铺陈,冲锋的号角无比嘹亮。

新疆是个好地方!数十年栉风沐雨,新时代阔步前行。在中国共产党的领导下,在党的民族政策光辉照耀下,全区各族干部群众始终沿着党指引的正确方向,共同团结奋斗,共同繁荣发展,开辟了从落后走向进步、封闭走向开放、贫穷走向富裕的伟大征程。党的十八大以来,特别是第二次中央新疆工作座谈会以来,在以习近平同志为核心的党中央坚强领导下,新疆工作取得前所未有的成就,各族群众的获得感、幸福感、安全感不断增强,呈现出社会稳定、人民安居乐业的良好局面。

"晓风催我挂帆行,绿涨春芜岸欲平。"乘着第三次中央新疆工作座谈会的和煦春风,一个团结稳定、繁荣富裕、文明进步、安居乐业、生态良好的新时代中国特色社会主义新疆,在祖国的怀抱中熠熠生辉。

伟大事业需要伟大精神。在实现"两个一百年"奋斗目标、实现中华民族伟大复兴的中国梦的征程上,文艺的作用不可替代。当高楼大厦在我国大地上遍地林立时,中华民族精神的大厦也应该巍然耸立;当南疆北疆物阜民康、瓜果飘香时,天山儿女文化的田园也应该百花齐放。中国特色社会主义进入了新时代,新疆文艺工作者使命在肩,大有可为,大有作为。

作为新时代的参与者、见证者,我们精心策划出版的"新时代文丛"原创文学精品系列图书,旨在用拳拳赤子之心、深厚的家国情怀、充沛激昂的感情、细致入微的笔触,为时代画像、为时代立传、为时代明德。

"新时代文丛"原创文学精品系列图书分主题按辑出版。第一辑主要是庆祝我国改革开放40周年辉煌成就的作品,第二辑是庆祝中华人民共和国成立70周年的作品,第三辑是决胜全面建成小康社会、决战脱贫攻坚的作品,第四辑是隆重庆祝中国共产党成立100周年的作品。

不忘初心,方能致远。今后,我们将继续根据不同的主题,坚持每年编辑出版一辑"新时代文丛"原创文学精品系列图书,回报新疆这片沃土。

编　者

目录

追寻拉齐尼·巴依卡的足迹

赵青阳

一、雪山鹰魂

他是雄鹰，甚至比雄鹰更加勇敢无畏。

据说，雄鹰可以活到70岁，但是在生命中期40岁左右时，需要做出等死或者重生的抉择。此时的雄鹰身体开始虚弱，爪子逐渐老化无力，无法再抓稳猎物；它的喙也变得又长又弯，没有办法再撕开猎物的皮毛，更无法撕裂血肉。不仅如此，其羽毛也越来越厚重，像是无法负担的沉重铠甲，致使翅膀变得笨拙迟钝，再也无法恣意地翱翔云端之上。

40岁的雄鹰，无法再守护族类，像是老去的英雄无法杀敌，只能静悄悄地等待死神慢慢来临。但是它还有另外一种选择，即经过最艰难残酷的考验，获得新生。它必须像浴火的凤凰一样，历经150天左右的巨大痛楚，重新脱胎换骨，涅槃重生。

这是比慢慢老去更为艰难的选择。

它必须努力飞到最高的冰峰峻岭之巅，用长喙啄击岩石，一遍又一遍，直到旧喙裂开脱落，然后等待新的喙慢慢长出来。它在整个过程中不能吃任何食物，唯餐风饮雪。它要在最陡峭的悬崖上筑巢，并停留在那里，经历风雨雷电的洗礼，忍受最暴烈冰雪的淬炼与最滚烫日光的灼烤，不能躲避，也不能飞翔。然后，它要用新长出的喙，把旧爪甲一根一根地拔掉。每一根爪甲都需要连根拔除，每拔一根都痛如剔骨断筋。

最后，当新的爪甲长出来，它要用新长出的爪甲再将那些旧羽毛全部拔下来。拔羽，如剔骨扒皮。每一根深埋在血肉中的羽毛被拔掉的时候，都会留下一个血肉模糊的窟窿，等全部拔完，皮肤破烂不堪，身如血洗，几无完好。

旧伤口缓慢愈合，新伤口不断增添，如此反复，直到5个月后新生的羽毛重新长出来，慢慢覆盖伤痕累累的翅膀，整个身体重新焕发出新的力量，它由此获得新生，可以重新拍击翼翅，翱翔长空。

我深信拉齐尼·巴依卡就是那只选择了重生的雄鹰。

鹰魂不泯，他即不泯。英魂永存，鹰魂亦永存。

我对他是熟悉的，虽然我从未与他谋面，却曾经和他相识多年。

2017年，我受命撰写首届“感动喀什”十大人物颁奖典礼主持词和颁奖词。他隐在十个人物中，从资料中露出风雪包裹的朦胧身影，在时空中与我相遇。

他似乎正骑在牦牛背上急着赶路，目光从我的前方扫过，打量着天色以及周围的群山。我随着他的目光望过去，天色已近黄昏，周围人烟绝迹，连绵的雪山之后，依然是雪山，更远处是一方看不太清楚的铅灰色界碑。我凝视着他，在3210个和他有关的文字间穿梭，短暂停留后，摘下要说的言语，掉头离去。

第二次，我去帕米尔高原采访脱贫攻坚人物，有人提出采访他。我当时高山反应严重，脑袋里像是有许多把铁锤在敲击脑干，轰鸣声在耳鼓中回响，像是有列车要从里面破壁而出。我头疼欲裂地坐在塔什库尔干塔吉克自治县（以下简称塔县）云团疾飞的蓝天下，遥遥眺望着群山重叠中那个巡边的、不可见的身影，唯有颔首致意。

第三次，他作为全国人大代表在北京参加第十三届全国人民代表大会，我在新闻里看到他的身影。他端正地站在人民大会堂前，身形挺拔，神情庄重，笑容灿烂地留影纪念。那天，他真帅，西装笔挺，绣花衬衣的洁白衣领露在外面，胡子刮得干干净净。那是我看到他打扮最考究的一次。隔着遥远的距离，我远远向他微笑，并在心中赞美。

第四次，是在铺天盖地的新闻报道里。那天的喀什一直飘着小雪，没完没了的雪，积了化，化了又积。他浮在冰冷的湖里，手臂极力向上举着，托着那个溺水的小小孩童。那天实在是冷极了，穿着棉衣在外面站一小会儿，都会冻得人浑身发抖。为救那个孩子，他在结冰的湖里泡了将近10分钟，嘴唇青紫，湿透的衣服冻成了冰壳子，体力已经消耗到极限。孩子上岸的一瞬间，他的手臂虚弱地落了下去，像是深深松了一口气，慢慢沉了下去……我难过极了，隔屏相顾，却无能为力。

是的，我和他相识已久，却始终缘悭一面，未曾亲口问他走过的路，吃过的苦，遭遇过的生死考验。其实，许多时候，他是可以选择软弱和妥协的，这是血肉之躯所做的正常反应，但他从来没有这样选择过。他总是沉默承受最为酷烈的击打，从不抱怨，甚而主动迎上去，挡在前面。

我对他早已熟识，但未及相见。

我要怎样去寻找他的足迹，和他并肩坐在帕米尔群山环绕的峰峦之巅，来一次恳谈？

我的目光一再望向那里，试图穿过时空的迷瘴。渐渐地，那些模糊的画面慢慢清晰，我在他的足迹中找到端倪，在划过长空的雄鹰身上看到他执拗的身影，他向死而生的无畏，他的善良与无私，他的忠诚与勇烈。

我长久打量帕米尔高原冰蓝天空的一角，找到那只飞在雪岭冰峰之上的雄鹰的影子，我敢肯定，那应该就是他！

二、云端足迹

吾甫浪沟从塔格墩巴什河中段斜插进去，破开高耸入云的喀喇昆仑山，由西向东延伸，纵横连接着与巴基斯坦相邻的蜿蜒的边防线。吾甫浪在塔吉克语中的意思为“艰险的河谷”，是一条只能依靠骑牦牛执勤的巡逻线。

亘古屹立的帕米尔高原，被称作“万山之祖，万水之源”，平均海拔4000米以上，氧气稀薄，紫外线强烈。昆仑山、喀喇昆仑山、兴都库什山和天山交会于此，高山耸峙，直抵云霄。崇山峻岭间，万古冰川经年不化，气候复杂多变，冬季长达7个月，被视为“生命禁区”。

而吾甫浪沟所在的红其拉甫更是“万山堆积雪，积雪压万山”，是“高原上的高原”，平均海拔超过5000米，氧气含量不到平原的一半，风力常年在七八级以上，最低气温可达零下40摄氏度，连石头都可以冻裂，被视为“死亡之谷”。“天上无飞鸟，地上不长草，风吹石头跑，氧气吃不饱，六月下大雪，四季穿棉袄”是对那里最形象的描述。

深蓝如海的天空，与飞雪苍烟的冻云永恒不变地切换着，能划出翅膀痕迹的唯有帕米尔高原上的雄鹰。

此刻，天上就有一只。

像一把黑色的玄铁刀子，将亘古不变的万古冰天切割出律动的线条，又在雪山之巅投下苍劲迅捷的影子。在这个影子的下面，有一个人正走在崎岖的山路上，这是巴依卡·凯力迪别克最后一次做向导参与巡逻。他已经50多岁了，长年累月奔波，高原的风霜雨雪摧垮了他的身体，拖住了他的一颗雄心，让他越来越走不动了。他不得不选择将肩上的担子交给儿子拉齐尼·巴依卡。

不过这次，他还是坚持像过去一样走在最前面，宽阔的肩膀像一堵厚实的墙壁，身后是他的儿子和参与巡逻的官兵们。他像一只护崽的老鹰，胸膛迎着风，布满皱纹的脸上表情严肃，吐马克帽（塔吉克族男子喜欢戴的一种传统花帽）下，挡不住的斑斑白发露了出来。

在踏进吾甫浪沟之前，拉齐尼·巴依卡已经仔仔细细检查了好几遍物资，又认真在牦牛背上再三固定结实。他检查完后，巴依卡·凯力迪别克又过来仔细检查了一遍，用手抻了抻，试了试松紧，满意地点了点头。

路途凶险，容不得半点差错，几十年下来，这已经成为护边向导的习惯，出发前必须仔细再仔细，检查再检查。

有一年，巴依卡·凯力迪别克带着巡逻官兵翻越一座海拔5000多米的达坂。当时风特别大，大风夹着雪粒刮得人睁不开眼睛，人被风吹得在牦牛背上摇摇晃晃，不得不紧紧贴着牦牛背，抱紧牦牛脖子，结果两头牦牛驮的物资没有捆好，被大风吹得掉落在地，官兵们走了很远才发现，不得不折返回去找到物资重新捆绑。

那一次，因为耽误了时间，再加其他一些事情耽搁，往回返的时候，带的干粮不够吃了。大家靠仅剩的一点食物在风雪中支撑了三天三夜。最后剩下唯一的一块压缩饼干，大家彼此互相推让着都不肯吃。那块饼干最后被放到了巴依卡·凯力迪别克手里。

那是一块长宽只有几厘米，重量只有100克的军用压缩饼干。所有人都饿得前胸贴后背，但是官兵们一致决定让巴依卡·凯力迪别克把那块饼干吃掉。他握着饼干，泪水无声涌出，打湿了黝黑的脸颊。他将那块饼干塞进行囊，以备最艰难时再吃。从那时他便明白，在危险重重的帕米尔高原，唯有事事小心仔细，才能最大程度保证大家的平安。

穿过沟口相对平缓的开阔地带，奇形怪状的巨石鳞次栉比、横七竖八地躺在山谷中。亿万斯年的地质作用，将大地揉搓得嵯峨不平，越向里面走，路况越差。河流汇聚了夏日消融的雪山冰川融水，以千钧之势在吾甫浪沟左冲右突，切削出悬崖峭壁与巨石密布的河床，又沿着沟底，回旋接纳着80多道冰河湍流。

9月之前，冰消雪融，泥石流不断；9月后，冰封雪冻，风狂雪急，鸟兽绝迹，都难以深入沟里。唯有这短暂的9月，成为往返巡逻的黄金时间。

牦牛身上背着沉重的物资，在嶙峋怪石间前行，巴依卡·凯力迪别克驱赶着他的黑色牦牛，一路指挥着队伍前进的方向和节奏。每遇到环境复杂的路段，他都会停下来给拉齐尼·巴依卡和新来的战士仔细讲解那里的地形特点以及有可能发生的意外状况。

在顺利蹚过几条冰河，翻越了第一道达坂，马上要翻越第二道达坂时，天气开始起了变化。云层迅速集结成厚重的云团，不一会儿，北风夹杂着硕大的雪粒铺天盖地砸下来，很快模糊了他们的视线。

巴依卡·凯力迪别克拉紧长长的缰绳，仰头看了看，大声招呼大家跟紧一些。牦牛排成一排，后面的踩着前面的脚印，低着头奋力向上爬着。

在严酷的自然环境下，这种有“高原之舟”美誉的、极为耐劳耐寒的生物，也变得疲惫而虚弱。快到达坂顶端的时候，双腿深陷雪中的牦牛似乎再也爬不动了，不肯再向前迈动一步。

拉齐尼·巴依卡从牦牛背上跳下来，不知所措地看着巴依卡·凯力迪别克。巴依卡·凯力迪别克忧心地看看天色，又转头看了看巡逻队，大声命令拉齐尼·巴依卡绕到中间，父子两人和两头牦牛将队伍串联了起来。巴依卡·凯力迪别克又大声招呼大家都下来，减轻牦牛负荷。他自己走在最前面，牵着牦牛，后面的人紧跟着，一手抓住前面牦牛的尾巴，一手牵着后面牦牛的缰绳。就这样，一长串牦牛串着一长串人，形成风雪中一条移动的链条，一步步艰难向上挪动。

前面的队伍快要翻过达坂了，这时，走在队伍最后面的一名战士突然跌倒，仓促间松开了抓着牛尾巴的手，也松开了缰绳，身子向侧面跌了下去，滑落几米后，幸运地卡在一块略微凸起的山石上。

听到惊呼声，巴依卡·凯力迪别克招呼大家站着别动，自己迅速抓起一捆绳子。这时拉齐尼·巴依卡已经向着那边冲了过去，巴依卡·凯力迪别克将绳子的一端甩给他，拉齐尼·巴依卡接过来在手臂上绕了几圈，然后向着战士的方向滑过去，并且挡在他外侧，用绳子将两人缠在一起，然后用一只手臂抓紧战士，给了父亲一个信号，让父亲和战士们一起用力向上拉。当两人平安地回到队伍中间，所有人都舒了一口气。巴依卡·凯力迪别克赞许地看了儿子一眼，没有说什么，只是帮他拍了拍衣服上的雪。

这是他一直反复教导拉齐尼·巴依卡的，作为边防连向导，必须保证边防官兵们的安全，哪怕因此牺牲自己。

这也是巴依卡·凯力迪别克的父亲凯力迪别克·迪力达尔曾经反复告诉他的一句话。从巴依卡·凯力迪别克21岁给边防连义务做巡逻向导开始，他始终牢牢地记着这句话，从未敢忘记。而巴依卡·凯力迪别克也如父亲所期望的那样，将这句话郑重地告诉了自己的儿子拉齐尼·巴依卡。

自己的儿子自己最了解，这孩子虽然从小就淘气好动，但忠诚勇敢、无私善良，喜欢帮助人。

他还记得在拉齐尼·巴依卡8岁那年，边防连一名新入伍的哈萨克族士兵在巡逻时走失，天擦黑的时候，连队通知他去紧急搜救。他带好必备的救援工具，牵着马准备出门，拉齐尼·巴依卡却拦着他，死活要跟着去。

“你才8岁，这么小，跟着去能干什么？”巴依卡·凯力迪别克断然拒绝。

“让我去嘛，我能做很多事，这些山我都很熟悉的。”拉齐尼·巴依卡苦苦哀求。

“不行，你去不是给部队添乱嘛，到底是找人还是照顾你?”巴依卡·凯力迪别克不容商量地继续拒绝。

“我不用照顾的，平时我一个人在山上放羊、放牦牛放得都很好，你不带我，把我留在家里，要是狼来了把我吃了怎么办?”眼看没办法，拉齐尼·巴依卡开始耍赖。

巴依卡·凯力迪别克被逗笑了。这孩子，一个人放羊不怕被狼吃，三更半夜去山里找人也不怕被狼吃，待在家里关上门反倒说自己怕被狼吃了。这借口实在有些拙劣。

拉齐尼·巴依卡不达目的不罢休，干脆坐在地上，抱着巴依卡·凯迪力别克的腿死活不撒手。

“唉，算了，带上你吧，但是千万别乱跑。”拉齐尼·巴依卡拼命点头。巴依卡·凯力迪别克无奈地叹了一口气，只能带着他一起去执行任务。

夜晚的喀喇昆仑山像一头硕大的巨兽，密布褶皱的沟壑间藏着数不尽的危险。狼不是最可怕的，迷路才是最让人恐惧的。崇山峻岭间可以掩藏千军万马，人在其中，渺小如蝼蚁。

组织起来的搜救队沿着那名战士的巡逻路线仔细搜寻，拉齐尼·巴依卡紧紧跟着巴依卡·凯力迪别克，也在焦急地寻找着，毡帽上沾了一层霜，连长长的眼睫毛上都结了霜花。

山里的气温说降就降，哪怕是盛夏时节，白天20多摄氏度的气温，夜晚就可能降到零下一二十摄氏度。迟一分钟找到那名战士，他的生命就会多一分危险。

大家分散开，保持距离，大声呼喊着。时间一分一秒地逝去，还是没有任何消息。巴依卡·凯力迪别克的心揪作一团，若是再找不到，可能就会出意外。

突然，他感觉衣袖被拉了一下。低头看去，小拉齐尼·巴依卡扯着他的袖子，急促地对他说："会不会去了那边的达坂？"

他顺着拉齐尼·巴依卡手指的位置看过去，黑魆魆的沟壑里什么也看不清。他迟疑了一下，心里暗自想着，应该不会，但是还是招呼大家过去看看。沿着深沟进去，摸索着往前走了几公里，就在大家决定要放弃的时候，突然听到了微弱的回音。

"啊，找到了，终于找到了！"大家兴奋地朝着发出声音的方向跑过去。

巴依卡·凯力迪别克低头看了看紧紧牵着他衣角的小拉齐尼·巴依卡，只见他的小脸冻得通红，正急切地看向那里。意识到父亲在看他，他抬起头，迎住巴依卡·凯迪力别克的目光，脸上漾起一丝微笑。

从小在高原生活，拉齐尼·巴依卡对危险似乎有着本能的预知，就像他对天气的判断，几乎是与生俱来的天赋，很少出错。

想起往事，巴依卡·凯力迪别克不自觉地舒了一口气，严肃的脸上有了一丝笑意，但是，随即又收敛了起来。

拉齐尼·巴依卡刚2岁的时候，巴依卡·凯力迪别克的妻子就过世了。巴依卡·凯力迪别克既当爹又当妈，一把屎一把尿把孩子拉扯大，他太了解拉齐尼·巴依卡的性格了，虽然让他成为一个善良、勇敢、无私的人一直是他所期望的，但是，这也让他总是隐隐担心。从小到大，哪怕拉齐尼·巴依卡再淘气，巴依卡·凯力迪别克也从没舍得打过他，但他会严厉地教导他学习深山里的求生技能，希望他以后独立做向导了，不仅能救人，也能自救。他希望拉齐尼·巴依卡一生有惊无险，一直平安。巴依卡·凯力迪别克抬头望向天空，心里默默祈祷着。

在不远处的天空，一只雄鹰从山顶上一掠而过，像是听到了巴依卡·凯力迪别克的祈祷，一声鹰唳，响彻云霄。

路过一条河时，巴依卡·凯力迪别克停了下来。有一年，他带着4名边防战士巡逻，走到这的时候，河水突然暴涨，瞬间没过了腰部，他躲避不及，被一个大浪冲到一块石头上，腿骨当即骨折，痛得他几乎晕过去。当时战士王君走在他后面，被洪水一下卷了进去，在洪水中不断挣扎，眼看就要撑不住了。他咬了咬牙，拖着断腿扑向王君，将王君从死亡线上救了回来，自己却晕了过去。

30多年向导生涯，像这样与死神擦肩而过的事，不知发生了多少次，而巴依卡·凯力迪别克每一次都挺了过来。这些年，家里有10头牦牛先后累死在巡逻路上，有9头牦牛因摔伤失去了劳动能力，他从没要过国家一分钱补偿。他觉得那都是他应该做的，保家卫国，无论让他付出什么他都无怨无悔。

从他父亲手里接过义务向导的任务，到他把这项任务传给儿子拉齐尼·巴依卡，几十年里，他只向国家提出过一个要求。那是1998年建军节前夕，县领导到他家探望慰问护边员，当问到他有什么困难和要求时，他几次三番想张口，却又欲言又止。最后，县领导看出他似乎有话想说，一再鼓励他讲出来。他鼓起勇气，大声地说："我唯一的愿望就是加入中国共产党。"说完，他的黑脸先红了。因为他总觉得自己做得还不够，远未达到一名共产党员的标准。但是他从内心深处渴望成为一名党员，愿意在党员队伍里继续锤炼自己，用更高标准要求自己，这也曾是他父亲的愿望。后来，巴依卡·凯力迪别克终于实现了这一愿望，满头银发的他在鲜红的党旗前庄严宣誓，光荣地加入了中国共产党。

每每回忆起那一天的场景，他总是十分激动。如果说他有过新生，他觉得那一刻对于他来说，诞生的是另一个全新的自己，他由此成为一名有信仰、有担当、有理想、有使命的"年轻"党员。

他始终记得1973年春天，年迈的父亲凯力迪别克·迪力达尔把他叫到身边说："孩子，我老了，走不动了，今后你就替爸爸给解放军带路吧。"

作为新中国成立后帕米尔高原上第一位边防部队的"牦牛向导"，父亲在这条路上已经走了20多年。父亲走不动了，又把这份责任传递给他，并亲手把一把短柄铁镐交到了他手里。那是陪伴父亲走过20多年巡边路的传家宝，走在边境线上，父亲用它在石头上刻下“中国”两个大字，再刻下自己的名字。这两个大字和自己的名字，是父亲凯力迪别克·迪力达尔仅会写的几个汉字，也是他写得最工整的汉字。

红其拉甫第一块简易界碑就是父亲和边防战士一起亲手建造的，那大约是最简易的界碑，将一块块山石垒起来，在最上面的一块山石上刻上“中国”两个字。这两个字在这片土地上重逾千钧。

在这大山深处，凡是脚步所至之处，刻下“中国”两个字，就代表了国家主权的存在；刻下了守土尽责的责任，也刻下了忠于祖国、守护边疆的誓言。在石头上刻下“中国”两个字，已经成为帕米尔高原上所有护边员的习惯，也成为世代爱国、自觉守边的塔吉克人的习惯。哪怕别的字都不会写，也一定会写“中国”这两个字，而写得最好、最工整的也是“中国”这两个字，因为那是用生命与挚爱写下的誓言。

1985年，凯力迪别克·迪力达尔病重，巴依卡·凯力迪别克已经预感到父亲这次大概撑不过去了，时时刻刻守在旁边。可是边防连的巡逻任务马上要开始了，没有他做向导，官兵们在地形复杂的吾甫浪沟遇到困难和危险怎么办？可是他若是去了，谁来照顾父亲？万一父亲有个三长两短怎么办？

他痛苦地纠结着。

凯力迪别克·迪力达尔看出了儿子的心事，平静地对他说：“孩子你放心去吧，我的病吃点药，慢慢就会好起来的。新兵刚到连队，老同志又少，你不去为他们带路怎么能行呢？边防线上需要你啊！”

巴依卡·凯力迪别克强忍着眼泪点头答应：“我听您的话，但您一定要保重身体，等我回来。”

巴依卡·凯力迪别克给父亲准备了药品及家中的生活用品，千叮咛万嘱咐一番，然后带着忧虑，瞒着官兵，跟着他们一起踏上了巡逻征程。他走后没几天，父亲凯力迪别克·迪力达尔就因为病重离开了人世，等他一个月后回到家中，才知道父亲早已被埋在了红其拉甫的山谷间。那是他父亲特意要求埋葬的地方，因为在那里可以眺望到国门。

在父亲孤零零的坟前，巴依卡·凯力迪别克放声大哭，为自己未能见他最后一面而懊悔不已。可是，如果时光倒流，再来一次，父亲与他大概依然会做同样的选择，在家事、国事之间，从来都是国事最大。

以后每一次巡逻，看到父亲留下的简易界碑，巴依卡·凯力迪别克都会默默站一会儿，在心里悄悄跟父亲说会儿心里话。

这次带着官兵来巡逻的路上，巴依卡·凯力迪别克也在心里跟父亲悄悄说了很多话，让他雄鹰般翱翔的灵魂一定要保佑他的孙子拉齐尼·巴依卡和巡逻的官兵们，让那些孩子们都能够平平安安地归来。

“我们塔吉克族的英雄，死后魂魄都会变成雄鹰，永远守护子子孙孙与脚下的土地。”这是父亲凯力迪别克·迪力达尔对他说的。

想到这里，巴依卡·凯力迪别克的眼睛湿润了。

涉过80多道冰河，又翻过8座达坂，就到了50米高台地上的界碑旁边。巴依卡·凯力迪别克在沿途一些不太好找的路口细心地做了标记，并一一指给拉齐尼·巴依卡，让他牢牢记在心里。

帕米尔高原澄澈的蓝天下，铅灰厚重的界碑威严庄重，红色大字鲜艳耀目，据守着祖国的边境线，昭示着国家的主权。

巴依卡·凯力迪别克虔诚地凝视着，拉齐尼·巴依卡跟战士们一起擦洗界碑，并用红色油漆为界碑重新描红。

在这里，他又一次郑重地将守护这方界碑的重任交托给儿子拉齐尼·巴依卡：“儿子，以后这条边境线就交给你了，你一定要好好守护它。”

三、护界雄鹰

恶劣的自然环境从不因人类活动而有所削弱，大自然在哺育生灵之余，也加大着重重无情而严苛的考验，不断挑战着人类意志的底线。

吾甫浪沟的山岭幽壑已然冰封，一踏入沟里，凛冽寒意立刻袭来。拉齐尼·巴依卡骑在牦牛背上，稳稳地抓着缰绳走在前面，不算高大健壮的身体坐得笔直。因为很小母亲就不在了，拉齐尼·巴依卡有些先天不足的羸弱，后天的劳作虽然让皮肉变得结实坚韧，却因长年累月在户外奔波，高原强烈的紫外线将他棱角分明的脸晒得黑红，加之青黑的胡须遮住了大半张脸，让他看起来比实际年龄苍老了许多。唯有将长年累月戴着的吐马克帽子摘下来，才能看到他头顶那一圈截然不同的白皙皮肤。他已经跟着边防连巡逻十几年了，越来越沉稳干练，再也不是那个青涩稚嫩的毛头小伙子。

22岁那年，父亲送他去参军，成为一名边防武警战士。那是拉齐尼·巴依卡从小的梦想，他喜欢那一身绿军装，对于白雪皑皑的帕米尔高原来说，绿色就意味着生命和生机。在他退役前夕，父亲郑重地跟他谈了一次话。那天的父亲有些严肃，坐在他对面，望着他一字一句地说："没有国家的界碑，哪有我们的家和牛羊？护边是我们家族的使命，我年纪大了走不动了，你要把我走的路延续下去，以后这任务就交给你了。"

拉齐尼·巴依卡想都没想就点头答应了。为此，退伍后他没有选择留在县城工作，而是选择去做一名护边员。

他很小的时候就知道，爷爷和父亲都是义务护边员，每年他们都会离开家很长时间跟着边防部队去巡逻。开始，他还以为爷爷和父亲守护的边境线是自己家的，后来才知道，那是国家的边境线，比小家更重要，也比生命更重要。用父亲的话说："国就是家，家就是国，守护边境线是我们的责任，也是我们的荣耀。”

父亲自他很小时起就一直在培养他做一名优秀护边员，有时甚至是残酷的。他开始很不理解，觉得父亲在故意折腾人。直到后来无数次涉险才知道，那些艰苦的训练已逐渐融入自己的血液，成为条件反射，让他能够迅速做出判断和应变，才屡屡得以化险为夷。后来他看到一部不知名的电视短片，在高高的山顶上，几只雏鹰被父母从悬崖上丢下去，一路翻滚着向下跌落，被尖锐的山石撞得羽毛凌乱，骨断肉裂，但小雏鹰在不断碰撞翻滚中却学会了抬起翅膀，振翅高飞了起来。那一瞬间，他明白了父亲的一片苦心。

在父亲的悉心指导下，他在这条路上反反复复地走，终于可以独立承担任务，成为一名合格的护边员。回顾这十几年的护边经历，在这条巡逻路上，有无数难以忘怀的记忆，痛苦的、紧张的、危险的、欢乐的……数不胜数，刻骨铭心。

拉齐尼·巴依卡清楚地记得自己第一次独自做向导，带领边防连巡逻时候的情形。那次吾甫浪沟在经历了几日晴好的高温天气之后，气温骤降。巡逻队冒着寒意进沟，山洪的痕迹还未褪尽，河道里水流咆哮湍急，脚下的路与头顶阴沉的天空都让人担心。

天上大团大团的云朵一路跟着他们，而且越积越厚。走到海拔4000多米的达坂时，拉齐尼·巴依卡判断会有暴风雪，于是他急切地想要带着巡逻队在风雪来临之前翻过达坂。

越往上走，寒意越深，雪花开始纷纷扬扬地飘落，凛冽的大风呼啸着卷起雪花，像刀子一样从脸上刮过，身上厚厚的棉衣变得像是纸糊的一般，挡不住刺骨的严寒。

没有父亲的陪伴，他有些不太安心，总是下意识地抬头，想寻找那个骑着黑牦牛、走在前面的高大威武的身影。那是父亲的身影，如果有身影在，他的心里就会踏实，脚步也会更加稳健。但是什么也没有，只有弥漫的大雪，一阵紧似一阵。

天上飘飞的雪花越来越密集，在午后迅速形成凶猛的暴风雪，天地间像是垂下一面白色的帘子，雪花在眼前不断旋转，人像是被装进了一个盛满雪的滚筒里。除了雪，一切都翻卷着变得模模糊糊，难以分辨。唐代边塞诗人岑参曾这样形容过这种极端天气："晻霭寒氛万里凝，阑干阴崖千丈冰。"暴风雪似乎把时空都冻得静止了，白雪永无止境，不辨东西，所有人只能紧跟向导，希望凭借向导的经验来保障安全，走出眼下的困境。但是越走雪越大，路况也越来越差。牦牛的脚踩下去，每一步都深陷雪中，鼻孔因吃力而喷出浓重的白色热气。

拉齐尼·巴依卡从牦牛背上跳下来，牵着牦牛一步步蹚着雪领路。随着海拔渐高，心脏在缺氧状态下跳得越来越吃力，胸口像是被撕裂一样疼痛，他不得不迎着雪努力张开嘴来辅助呼吸。

最后好不容易摸索到一片山谷，他知道无法再前行了，和大家挤在一起躲避。山风呼啸，风雪弥漫，几个人和几头牦牛在雪原中，像是白色大地上几个不起眼的小黑点，在彻骨的严寒中，能清晰地听到身边的人牙齿被冻得打战的声音，所有人的热量都透支到了极限。

拉齐尼·巴依卡觉得自己快要被冻僵了，耳朵和鼻子像是不存在了一般。他用手悄悄摸了一下，哦，还好，似乎还在。不过，得赶紧想办法才行，要不这样下去，都会冻死在这里。他焦急万分，不断提醒自己冷静下来，并一再问自己，如果父亲遇到这种情况，他会怎么办？

突然，他脑中灵光乍现，暗骂自己一声："怎么这么笨，牦牛能够帮助人挡风雪，为什么不用呢？"他马上把所有的牦牛聚拢在一起，围成一堵挡风的"墙壁"，所有人站在"墙壁"中间，紧贴着牦牛挤在一起挡风取暖。

暴风雪终于过去，天边露出一抹亮光，所有人都松了一口气。拉齐尼·巴依卡的这个办法，撑过了那场可怕的暴风雪之夜，救了所有人。

当那场暴风雪过去，拉齐尼·巴依卡回头看向身后的苍茫来路，突然觉得后怕。如果在暴风雪中迷了路，误入风暴中心，后果不堪设想。虽然这一次巡逻队化险为夷，安然度过了一个令人恐惧的风雪之夜，却也给他结结实实上了一课，让他更加深刻地意识到，山高路险，情况复杂多变，一切尚需小心更小心，谨慎更谨慎。

100多公里的吾甫浪沟，每一段路都暗藏凶险，每一段路上都有无数生死陷阱。向导不仅是巡逻队的眼睛，也是巡逻队的识途老马与守护神，唯有自己多小心，才能带领巡逻队安全无虞地完成任务。

此后，虽多次遇险，他都能处变不惊，在危急时刻，选择最妥当的方式帮助大家涉险过关，不但保证了巡逻官兵的安全，而且保证了任务的顺利完成。这也让他在这条巡逻线上留下了无数堪称传奇的故事，并英名远播，获得“活地图”与“帕米尔雄鹰”的美誉。

在他参与巡逻的17年岁月中，和他一起的战友们从未有过牺牲。但是，一起巡逻的牦牛有一次例外，而这次例外也成为他心中永远无法释怀的遗憾与哀痛。

为边防连当向导是极其艰苦的事情，不仅要跋山涉水、饮冰卧雪，而且时时刻刻面临生死考验。和巡逻队一起参加边防巡逻队的牦牛，都是精挑细选出来的，不仅体格健壮、肌肉发达、耐力好、能负重，而且性格温顺、聪明、听指挥。它们不仅是巡逻队的坐骑，更是巡逻队的伙伴与战友，也面临同样的考验。

为了巡逻需要，拉齐尼·巴依卡家的牦牛比别家养得都用心，牦牛在很小的时候就会被带到雪山上进行负重跋涉训练。有一头白色牦牛最为出色，它每一次都比别的牦牛负重多，且懂事乖巧，与拉齐尼·巴依卡配合默契，好像完全能听懂他的话。在拉齐尼·巴依卡第一次参加巡逻时，它就经过重重筛选被选入了巡逻队，2004—2014年，它几乎每年都会陪着他走一趟吾甫浪沟。

拉齐尼·巴依卡也非常喜欢它，将它当成了自己最亲密的战友和伙伴，闲下来的时候，就会带它去放牧。白牦牛在吃草，他就坐在旁边看着它，并给它讲一些有趣的事情。广袤草场上，一人一牛，一个说一个听，如同手足相伴。他说到高兴的地方，白牦牛像是完全听懂了一样，对他报以热烈的一声回应："哞——"

2014年秋天，他和白牦牛再次踏上了征途。因为白牦牛经验丰富、体格强壮，他把大部分的给养都放在了它的身上。

经过连续多天艰苦跋涉，再有不到一天的路程就可以到达目的地，大家都有些兴奋，打起精神，加快了速度。

在经过最后一条冰河的时候，白牦牛走到一半突然不走了。拉齐尼·巴依卡没有意识到白牦牛的异常，见它不走就用力扯缰绳，催它快点跟上队伍。白牦牛想要听从他的召唤，拼命想向前，于是弓着身子，梗着脖子，使劲用力，却一头跌倒在河里。他吓坏了，丢下缰绳赶紧过去查看，才发现白牦牛的后腿被河底的石头死死卡住了，上百公斤的重负压在它身上，使它一动也不能动。

他跟几位战士先把牦牛背上的给养取下来，然后一起把白牦牛抬到了岸边，这才发现，白牦牛跌倒的时候，身上的重物把它的腰压断了。

拉齐尼·巴依卡抱着白牦牛，心疼自责得眼泪直流。白牦牛为了不让他难过，脑袋紧挨着他，大眼睛温柔地看着他，像是在安抚着他。眼看天就要黑了，队伍还得继续出发，拉齐尼·巴依卡没有办法继续陪着白牦牛，于是给它拔了一堆草，随队的卫生员给白牦牛打了一针，希望它能快点好起来。

巡逻队继续出发巡查界碑，返回的时候，发现白牦牛还在原地，依然无法起身。

巡逻队得按照计划如期返回，否则不光补给跟不上，迟一些如果大雪封山，就有可能面临生命危险。拉齐尼·巴依卡呆呆地看着白牦牛，不知如何是好。他不能为了一头牦牛耽误任务，让战士们陷入危险之中。可是，白牦牛在他心里，又岂是一头牛那么简单？他的心像被什么紧紧揪着一般疼痛，想要抱起白牦牛，却怎么也抱不动，不由得号啕大哭。官兵们也都哭了，白牦牛陪伴了大家那么久，早已经被当作亲密的战友，他们也同样不舍得。

白牦牛像是懂得了他的心事，用脑袋轻轻蹭着拉齐尼·巴依卡，然后用嘴将他往远处拱开一些，像是在对他说："快走吧，拉齐尼，快带着战友们回吧，别再耽误了。"他心如刀割，含着泪和战士们拔了很多草放在白牦牛面前，最后一次抱紧白牦牛的大脑袋，将脸颊贴上去，不舍地对它说："你一定要快快好起来，自己走回家，我在家里等你。"

队伍走出去很远了，白牦牛的影子变成模糊一团，他们依然含着泪不断往回看。而白牦牛也似乎一直在目送着他们，面向他们离去的方向一动不动。

回去后的一年里，拉齐尼·巴依卡一直都在幻想着白牦牛能自己好起来，找到回家的路，突然出现在他面前。每次外出放牧的时候，他总是会不自觉地向吾甫浪沟方向张望一会儿。但是，他的白牦牛始终没有出现。

第二年去巡逻的时候，走到白牦牛受伤的地方，那里只剩下一堆白骨。大家再一次陷入悲痛，拉齐尼·巴依卡更是泪如泉涌，难过得说不出话。

每每想起白牦牛，拉齐尼·巴依卡内心都会充满深深的自责，虽然他始终坚信，死有轻如鸿毛，也有重如泰山，比起别的牦牛，白牦牛为巡逻而死，死得光荣且值得。

"这些牦牛都是好样的，它们是我的战友，也是英雄，是不会说话的无名英雄。"拉齐尼·巴依卡曾不止一次地这么说。在他们家，从他爷爷义务巡边开始，近70年里在巡边路上牺牲的那些牦牛留下的照片，都被拉齐尼·巴依卡郑重地摆放在荣誉室中，被怀念和铭记。

白牦牛的牺牲，深深地烙在拉齐尼心中。他暗自发誓，以后一定要用自己的生命保护好身边每一个人，不让他们再遇到危险和伤害。

他是这么想的，也是这么做的。

有一次巡逻，当走到塔格墩巴什河时，河床边已结了冰，河道中间水流卷着浮冰起伏奔涌。牦牛们被赶了好几次，却怎么也不愿意再向前走。拉齐尼·巴依卡反复尝试，最后好不容易才赶着自己骑的牦牛下了水，后面的牦牛看到了，也一个跟着一个下到了河里过河。

但是不知道为何，轮到班长王刚的时候，他的牦牛在湍急的冰河中间突然像发疯一般上蹦下跳，怎么也拉不住。河里全都是边角锋利的山石碎冰，掉下去后果不堪设想。眼看王刚就要被牦牛从牛背上甩下去，这时，已经过了河的拉齐尼·巴依卡飞身跳下牦牛，冲进齐腰深的冰河中死死地拽住王刚那头牦牛的缰绳，拉着它一步一步蹚过了冰河。上岸后大家才发现，原来王刚骑的牦牛被冰河里锋利的石头划破了蹄子，鲜血直流。如果不是拉齐尼·巴依卡及时出手，后果可想而知。

不过大家也为拉齐尼·巴依卡担心，在那种情形下，稍有不慎，他不仅会被牦牛撞倒，而且可能会被冰河冲走。要知道，一只成年牦牛体重通常有四五百公斤，踩下去结果可想而知。而冰河中更是凶险无比，难以预料会发生什么。可是每次遇到危险，拉齐尼·巴依卡总会不管不顾率先冲过去。

有一次，也是在巡逻途中，军医罗辉骑的牦牛突然一个趔趄差一点摔倒，等站稳后突然发疯了一般扭头向陡坡下冲去。其他牦牛受到惊扰，也纷纷效仿着预备扭头跟着跑，任凭大家怎么拉紧手中的缰绳都无济于事。紧急关头，拉齐尼·巴依卡一个箭步冲到罗辉面前，死死拽住缰绳，拼命勒住牛头，这才让牦牛急奔的脚步慢慢停了下来，而他的手掌却被缰绳磨得血肉模糊。

一路翻山越岭，风餐露宿，送走一个个白天和一个个夜晚，队伍逐渐抵达“一步崖”——吾甫浪沟最为危险的路段之一。

在翻越“一步崖”的时候，一只雄鹰从山顶上斜掠而过，翅膀像刀锋般伸展，迅疾划过天空。拉齐尼·巴依卡抬头望了一眼，又低下头去，认真观察着脚下的情况。“一步崖”之前，是一段崩颓风化了的山脊，不时有落石掉下来。拉齐尼·巴依卡在那里曾经遇到过山体滑坡，半边山垮塌了下来，将原来的道路彻底掩埋，父亲留下的标记也看不到了。现在能够看到的，只有牦牛长年累月在绝壁上蹚出的一条20厘米宽的羊肠小道，蜿蜒于半山腰，只容得下一只牦牛通过。山峰直插云天，四周全是风化的石块，一步踏错就会跌下山去。巡逻队停在山前，战士们仰望着那道“天堑”，忧虑地说：“这样险峻的陡坡，碎石块不停地往下滑落，怎么过去呢?”每个人都小心翼翼地走，紧紧抓着牦牛的鬃毛。牦牛大多是拉齐尼·巴依卡一手养大的，跟他再熟悉不过，它们忠诚的大眼睛里映出远处冰山的倒影，一个紧挨着一个，稳健地迈着步子。

拉齐尼·巴依卡仔细看了看地形，乱石堆砌在几乎成直角的绝壁前，直走肯定不行了，从一侧迂回应该可以找到路，于是他信心满满地说：“放心吧！我一定会找到路，一定会带大家过去的。”

拉齐尼·巴依卡让战士们在原地休息，然后沿着布满乱石的垮塌山体，在绝壁间仔细寻找道路。就在他往一侧攀登的时候，突然被一块掉下来的落石击中了头部，一瞬间鲜血直流。忍着剧痛，他扯出急救包，简单包扎了一下伤口，又继续寻路。

两个多小时后，拉齐尼·巴依卡终于找到了一条石壁间的小路，他高兴地回去通知大家。战士们发现他受伤了，纷纷劝他休息，他却说：“任务没完成，我怎么能休息呢？不能因为我受了点小伤就耽误了巡逻。”

穿过“一步崖”基本上就走了接近一多半的路程，再翻过几座达坂，就可以看到界碑了，中途可千万不能大意。他更加集中注意力，可是头部传来的剧烈疼痛，让他的嘴角不由得抽搐了一下。

大家都有些紧张，沉默地行进着，没有人说话。还好，一路有惊无险，就快要穿过“一步崖”了，拉齐尼·巴依卡暗自松了一口气，大家也都开始放松下来，有人开了个玩笑，惹来一阵笑声。可是，就在这时候，拉齐尼·巴依卡前面的那头牦牛不知为何，突然加速向前。他用力催动坐下的牦牛，加速向前，但是那头牦牛依然没有停下的意思，还在向前乱窜。他拍打着牦牛奋力追上去，将那头牦牛稳住，但是自己的牦牛鞍子肚带断裂，他被甩进了旁边的一条冰河里，被冲出去十几米远才爬了上来。

拉齐尼·巴依卡浑身衣服都湿透了，而且头上还挂着伤，看起来很是狼狈。但他像一只倔强的雄鹰，在战士们的集体礼敬与注目下，重新踏上了征途。

山连着山，路连着路，河连着河，崇山峻岭绵密交织，似乎永无尽头。年复一年、日复一日的巡边之路，旧伤好了，又添新伤；新伤好了，还会再添新伤。拉齐尼·巴依卡觉得，身上的伤也像道路一样，永无止境，而自己的皮肉似乎也在这条巡边路上磨砺捶打得越来越皮实，越来越坚固。

前面还有一道冰河，有一次差点儿要了他的命。

2011年，他跟随巡逻队巡边的时候，队伍遭遇暴风雪袭击，积雪厚度几乎能将牦牛掩埋。走到这个位置的时候，战士皮涛突然从牦牛背上摔了下来，掉进了雪洞里。周围的冰雪受到震动，不断垮塌，皮涛的生命危在旦夕。拉齐尼·巴依卡一边高喊着让大家都不要动，防止垮塌面积加大，一边立刻趴下来，增加受力面积，爬向皮涛所在的位置。皮涛跌入的雪洞离地面还有一段距离，他无奈地发现，要想把皮涛拉上来，要么爬回去找救援工具，可是那样极有可能继续增加垮塌面积，发生意外；要么就地想办法，把皮涛拉出来。他抬眼看了看四周，除了雪还是雪，天地间白茫茫一片。雪把一切都收割了，雪地上干净得连一粒灰尘都看不到。他没有犹豫，咬咬牙脱下自己的衣服，打成结做成绳子，爬到雪洞边甩下去让皮涛抓住，想要把他拉上来。可是一用力，周围的雪又不断地向下垮塌。他急得冷汗都冒了出来，只能一遍遍调整力度和角度，不断做着尝试。他的身子长久地趴在雪地上，看上去像是和雪原冻在了一起，冰雪的寒意顺着他的身体不断蔓延，冻得他直打哆嗦。他咬着牙，努力尝试着，最后终于将皮涛从下面拉了上来。

皮涛得救了，可是拉齐尼·巴依卡却因冻伤昏了过去。迷迷糊糊中，他觉得自己像是变成了雄鹰在天上飞，下面一片苍茫白雪，腹部不断感受着冰雪的寒意，后背却在太阳的照耀下暖洋洋的，那种暖开始在他的全身涌动。他突然苏醒过来，不顾战友们的劝说，挣扎着坐了起来，稍事休息后又带着冻伤，骑上牦牛继续给巡逻的官兵们带路。

类似这样涉险的事情太多了，成为他这些年巡逻途中的家常便饭。

有许多人问过拉齐尼·巴依卡同样一个问题：面对死亡的时候，你会害怕吗？

他低下头，盯着脚下的土地，认真想了想，然后慢慢地回答："我当然会害怕，巡逻的路上会经历暴风雪、泥石流、塌方、山洪，每天都像是踩在生死线上走钢丝。我经历过亲人的离世，也经历过死亡的考验，因而深深畏惧死亡，从而珍惜活着的每分每秒，更珍惜与家人、朋友在一起的时光。在帕米尔高原，生命繁衍艰难，脆弱而珍贵，生存不易，因而让人充满敬畏。珍惜生命，好好活着，是我所能知道的最重要的事情。"

拉齐尼·巴依卡还说："巡逻的路上，所有人为了一个共同的目标而努力，大家经历生死，不分彼此，情同手足。有一次，在巡逻的路上，一头牦牛自行上山，将一块大石头踩了下来，如果不是旁边一名战士手疾眼快，一把将我拉到一边，我大概早就不在了。还有一次，我的鞋底磨烂了，连长把自己的鞋脱下来让我穿上，他自己却光着脚，那一刻，我感觉特别温暖。"

当终于抵达界碑，清洗、描红完毕以后，拉齐尼·巴依卡站在界碑前，眺望着头顶的万古青天与离天三尺的雄奇高原，不由陷入深深的感动。

这壮美的河山是国，也是家。他的头顶有祖父的英魂，他的脚下有厚重的土地，他的身后有血脉相连的人民。他暗自发誓：这一生，要守好每一寸土地，不负身后的人民。

四、赤子之心

从踏上帕米尔高原的那一刻，我始终觉得头顶有一只雄鹰在盘旋，它时而振翅高飞，时而在云端停驻凝望，像是一位尽职的守护者，警惕地守护着这片高原。

沿着被两行高原柳覆盖的道路一直向兴都库什山脉巨大的褶皱深处走去，靠近山脚下，在兴都库什与喀喇昆仑山脉交错的环形谷地，提孜那甫村静静地躺在雪地上，天地间一片素洁。

巴依卡·凯力迪别克打开大门，他的背比前些日子又弯了一些，花帽下须发皆白，布满皱纹的脸上有着湖水般深不见底的平静。

巴依卡·凯力迪别克的房子是政府前些年为了表彰他盖的，最外间的外厅被他做成了陈列室，里面有他们家三代护边的记忆。无论是照片，还是密布的锦旗奖章，都被整理得井井有条，一尘不染。

我去的时候，他正在客厅里接待一批客人，他将我和塔县的干部黄渠成让进里屋。黄渠成跟他相熟，介绍了来意后，他招呼我们坐下，又去外屋继续招呼客人。临出门的时候，他突然停下来转过身子，充满歉意地问我："慢待了，你不会生气吧？"

我急忙摇头说："不会，您先忙。"

他点了点头，挑帘出去了。送走客人，他回到里屋，脸上带着深深的疲倦。我倒了一碗奶茶递给他，他轻轻地摆摆手，苦笑着说："一天要接待很多人，每一拨人来了，都要陪着喝一碗奶茶，这里装不下了。”他指指自己的胃部。

拉齐尼·巴依卡牺牲后，一拨拨人来到拉齐尼·巴依卡的家里探望，每一次来人，巴依卡·凯力迪别克老人都会认真接待。他的头发几乎全白了，身体瘦得只剩下一副高大的骨架。

我有些惭愧，这样的时刻我的到访多少有些添乱。尤其当我面对巴依卡·凯力迪别克的时候，总觉得冒昧问出任何关于拉齐尼·巴依卡的事情，对老人来说都是在撕裂伤口。

巴依卡·凯力迪别克似乎看出我的纠结，他说：“我非常感谢有这么多素不相识的人在拉齐尼·巴依卡出事后来探望我们。我儿子走了，但是，他的英雄精神如果能够被传承弘扬，他就会一直活着，我们再辛苦都值得。”

他拿出厚厚的相册，那是边防连队送给他的纪念品，里面有他们数十年护边巡逻的记忆。相册已经有些年头，但是被保护得很好，没有任何折损。我留意到，他翻得很小心，轻轻地掀起来，隔着防护膜，用手指很轻柔地抚触片刻，像是在抚摸往事。尤其是翻到拉齐尼·巴依卡的时候，他都会停顿很久，手指久久地在他的脸上抚触，不舍离去。

这本相册里有他的父亲凯力迪别克·迪力达尔，有他自己的青春岁月，有他的战友，也有一脸青涩的儿子拉齐尼·巴依卡。

他捧着相册，讲起了他们家族三代护边的往事，讲起拉齐尼·巴依卡小时候的故事。

“那孩子，从小就心地善良，喜欢帮助人，看到村里有小孩子想要什么，他都会想办法买回来送给他们。小时候上学，家里烤的馕，他也总是会多带一些，去分给小朋友。他每天都要比别的孩子早到学校，去帮老师擦黑板、打扫卫生，老师也喜欢他。

“他从小就喜欢跟着我，有一次，我要跟边防连去巡逻，他死活要跟着去，我不让他去，他自己跑到边防连，磨着让指导员带上他。指导员不答应，他自己爬到牦牛背上，抱着牦牛脖子不下来。最后指导员就让我带上他，说这孩子聪明、勇敢，是个好苗子，让好好培养他。那会儿他只有12岁。

“你看这张，也是十几岁的时候，当时我们住红其拉甫夏牧场，每年碰到转场，他都会牵上家里的牦牛去帮邻居们转场。

“有一次他去塔尔乡，很晚还没有回来，我很担心。后来他回来了，我很生气地问他怎么那么晚才回来。他解释说，他在路上遇到一个孩子掉进馕坑里了，他把他救出来，送进医院，等他家人到了才往家赶。”

“你看，这是我第一次带他巡逻，他跟我一起拍的照片。”巴依卡·凯力迪别克指着其中的一张照片说。

在这张照片里，巴依卡·凯力迪别克骑在一头健壮的黑牦牛身上，走在最前面，拉齐尼·巴依卡手里握着一把短柄铁镐，紧紧跟在他的后面。那时他还很年轻，清瘦而稚嫩的脸上有风霜未染的纯真。在他们不远处，是一只棕黑色的大狗在撒欢跑着。巴依卡·凯力迪别克指了指那条狗说：“那是阿尔库，它也是从小跟我们一起护边，每次巡逻的时候都会带着它，它也跟拉齐尼亲近。”老人叹了一口气，像是自言自语地说：“牦牛和阿尔库，似乎都喜欢拉齐尼，拉齐尼一直把它们当朋友。”

有一张照片是一头壮硕的白牦牛，老人轻轻抚摸着，叹了一口气说：“这就是拉齐尼最喜欢的那头白牦牛。那天他回来后，非常难过地告诉我，白牦牛死了。我问他和战友都还好吧？他点点头说都好。我告诉他，牦牛死了就死了，他和战友都平安就好。前年，他又养了一头白牦牛，他说明年就可以骑着去巡逻了。他总是会单独多给那头白牦牛一些草料，常常跟那头牦牛说话。这段时间他不在，那头牦牛草料都吃得少了，总是看向路口的方向，似乎在等他回来，大概牦牛也在想他。”

“还有这张，这是拉齐尼参军时候拍的，那会儿他多帅气啊。”巴依卡·凯力迪别克的手指停在其中一张照片上。20岁的拉齐尼·巴依卡穿着军装，英姿飒爽，眼中闪耀着光彩。

“还有这张，这是他带着巡逻队到达界碑时候拍的。”我低头仔细去看，青灰的界碑上，描过的红字鲜艳欲滴。离界碑不远处，燃着一堆篝火，拉齐尼·巴依卡正在弹热瓦普。他晒得黝黑的脸上笑容灿烂，群山似乎也被他脸上的笑容点燃，犹如赤金，皎洁明月高悬一隅，在万千繁星的映衬下，一只雄鹰高飞于碧空。

巴依卡·凯力迪别克轻轻地说：“他弹的是《古丽碧塔》。”

我看向黄渠成。黄渠成小声地解释说：“就是《冰山上的来客》里面的插曲《花儿为什么这样红》。”

篝火在拉齐尼·巴依卡的眼睛中跳跃，熟悉的旋律似乎随着风声传来，在风中回旋跳跃往返：“花儿为什么这样红？为什么这样红？哎，红得好像，红得好像那花儿一样……”

往事就这样一点点地走近我，一切历历，如在眼前。

厚厚的一本相册在巴依卡·凯力迪别克的讲述中越翻越薄。当最后一页翻完的时候，这位坚强的老人脸上闪过一丝难以掩饰的悲伤，他垂下眼睑，陷入沉默，隔了很久，才缓缓地叹了一口气说：“正是能做事的时候。”

他的眼角耷拉下来，双目微闭，脸上充满悲戚，像是在沉思什么，只有那一刻，巨大而深沉的悲伤才在这位坚强的老人脸上完全浮现出来。

我的心为之一痛，为了掩饰，我对巴依卡·凯力迪别克建议，请他带我们去看看拉齐尼·巴依卡的房子。

老人轻轻点了点头。

从巴依卡·凯力迪别克家出来，院子后面就是拉齐尼·巴依卡的家。院子里堆着一堆一堆干牛粪，那是预备来年种菜用的。往年的菜地都是拉齐尼·巴依卡在打理，他不在了，那些尚未施肥播种的土地似乎还在翘首等待。

黄渠成问巴依卡·凯力迪别克："今年种的白菜卖完了没有?"

巴依卡·凯力迪别克看了一眼院子，摇了摇头说："只卖了一半，还有一半没有卖出去。"

"那雪菊呢?"黄渠成继续问。

"还没有卖，拉齐尼太忙了，没顾上去卖。"老人说。

黄渠成轻轻叹了一口气，没有再问下去。

我的心中更加难受。因为就在昨天的采访中，村民迪力达尔和阿瓦古丽流着泪说："多亏了拉齐尼在疫情期间帮我们收割了青稞，又帮我们卖完了白菜和雪菊，让一年的辛苦没有受到疫情影响，都变成了收入。"

而白菜和雪菊也是拉齐尼·巴依卡家最主要的收入来源，他却没有顾得上卖出去。

一直飞在我前面的那只雄鹰，在房子上空悲伤不舍地盘旋，声声凄厉。

那是塔县常见的富民安居房，房子不大，外面的走廊还没有施工完毕。我跟着巴依卡·凯力迪别克走进拉齐尼·巴依卡的房间，他的气息似乎还在房间里。仿佛一瞬间时空切换，我似乎看到拉齐尼·巴依卡带着一身寒气走进来，掸掉衣服上的雪，然后倒一碗奶茶，盘腿坐到大炕上，边喝边透过窗户焦虑地看着外面飘着的雪花。喝完奶茶，他沉思片刻，又从炕上跳下来，穿上鞋子急匆匆向外跑去。

那是8岁时候的他。当父亲说有战士失踪了，他急着跑出去，跟父亲要求要去帮忙寻找。他对周围熟悉，每一次外出，他都会用心记下路线，他相信他可以找到。

他在黑夜中踉跄地走着，夜色深沉，除了远处的雪山映出的一抹灰白，四周几乎伸手不见五指。他依靠本能跟着大人跌跌撞撞地向前走，那只鹰隐在虚无处一直陪着他，在他的头顶上使劲拍打着翅膀。

找到那名战士之后，他几乎累瘫了，瘦小的脸颊冻得通红，嘴唇也变得青紫。

家从红其拉甫搬到提孜那甫后，条件虽然变好了，他却充满不舍。他每天都会想尽法子跑回红其拉甫，跑回边防连驻地，跟官兵们待一会儿，帮他们干些力所能及的活儿，跟战士们说会儿话。营房让他觉得踏实，有安心的力量。

他长大了，父亲巴依卡·凯力迪别克知道他的心思，把他送到了部队。那天是他最高兴的日子，穿上梦寐以求的军装，他觉得浑身充满了力量。

后来他成为护边员，为边防连队做向导。官兵们说，有他在，大家心里才会觉得踏实。为此，他开心极了。那条最难走的吾甫浪沟，他已经踏进去很多次，吾甫浪沟在征服他，他也在征服吾甫浪沟，走在那里，他觉得浑身充满斗志与力量。

还有一大一小两只白牦牛，还有那些留在巡逻路上的牦牛兄弟，还有他的大狗阿尔库以及种种记忆……

那些影像缓缓后退，渐渐隐身于时空中。

没有了拉齐尼·巴依卡的家，安静清冷。三间房子，两间卧室，一间客厅，只有有限的几样家电，其中最奢华的是一台银灰色电冰箱，那是他参加马术比赛赢来的奖品。女儿都尔汗·拉齐尼、儿子拉迪尔·拉齐尼在里屋学习，他的爱人阿米娜在厨房为每天来祭拜的人做饭。屋子里格外安静，没有人大声说话，悲伤在屋顶下无声蔓延，曾经属于这个家的所有的欢乐似乎全部都被带走了。

都尔汗·拉齐尼13岁，在深塔中学上初二，拉迪尔·拉齐尼只有10岁，还在上小学。

拉迪尔·拉齐尼的眼睛跟拉齐尼·巴依卡很像，10岁的孩子，死亡对于他来说并没有更深的感知。虽然他知道死亡意味着失去，但是依然在幻想父亲有一天还会回来，会询问他的功课，问他是否在坚持锻炼。他说：“爸爸说让我把牦牛看好，等它们长大了，我也长大了，我们一起给部队做向导。爸爸已经开始教我认路了，他说等我再长大一些，护边的时候带我去更远的地方。我想当兵，想成为像我爸爸那样的人。不仅看起来很帅气，而且是真正的英雄。”

“爸爸一直在教我他在部队学的运动项目，让我跟姐姐练习俯卧撑，让我看他手臂上的肌肉，说练成那样就可以去做护边员了。”拉迪尔·拉齐尼屈起自己的右臂，一边比画一边说。

他的声音突然变得忧伤，像是突然想起什么似的，泪水在眼眶里打转，过了半天，才小声说：“爸爸以后再也不能教我了。”

巴依卡·凯力迪别克看着拉迪尔·拉齐尼，泪水无声模糊了老人的双眼，他低头用手抹去眼角溢出的泪水，轻声地说：“可惜了。”

这是一位父亲在失去爱子后所说的最重的三个字。他未曾抱怨他离去的突然与对家人的无情，他惦记着的是儿子猝然离去，留下未完成的护边使命，以及无法继续为国与民付出的遗憾。就像他之前看着拉齐尼·巴依卡的照片时，神情黯淡地说的那句：“正是能做事的时候。”短短一句话，有三代相传、一脉相承的令人动容的家国情怀，更有壮志未酬身先死的英雄慷慨。

拉齐尼·巴依卡牺牲后，被救孩子的母亲来到提孜那甫村，含着泪向巴依卡·凯力迪别克一再道歉。巴依卡·凯力迪别克却反过来安抚她：“别难过，孩子，拉齐尼走了，以后你就是我的女儿，你的孩子就是我的孙子。”

他须发皆白，皱纹密布的脸上不肯轻易显露深藏的悲伤，反而一再安慰别人，鼓励别人，开导别人。许多次他用手摸着自己的心脏，感慨地说：“这里有三个支架，要不是这里出了问题，我还可以继续做护边员。”那一刻，时光似乎也难掩巴依卡·凯力迪别克雄心未已的豪情。

我的眼中也被泪水填满，为英雄父亲与英雄儿子感动。

在现世浮华中，有一些东西被坚定执着地保存了下来，并一再传承延续，成为中华民族精神最宝贵的一部分。那是被叫作“忠”与“义”的千古至德，是“苟利国家生死以，岂因祸福避趋之”，也是“犹留正气参天地，永剩丹心照古今”的真实见证。在塔县的塔吉克族中间，这样的民族精神并非孤立地存在，而是被所有塔吉克人自觉践行的人生使命。他们不求回报，一心一意为国戍边。在帕米尔高原漫长的边境线上，每一顶帐篷就是一座哨所，每一位牧民就是一名哨兵，一代又一代，默默履责并传承着，从未让我们的界碑移动分毫。

在失去儿子的老人与失去父亲的孩子们面前，一切安抚的语言尽皆失色。我觉得我才是那个被抚慰疗愈的人，经由他们，我触摸到坚韧而滚烫的民族精神和魂魄。

拉齐尼·巴依卡的妻子阿米娜一直都很沉默，她低着头，只是听着，眼睛呆呆地盯着脚下的一小块地方。

13岁的都尔汗·拉齐尼说：“爸爸喜欢说话，平时都是爸爸不停地说话，逗得大家哈哈大笑。妈妈不怎么说话，妈妈只跟爸爸有很多话说，爸爸走了，妈妈是最难过的，以后没人陪妈妈说话了。”她一边说，一边忧心忡忡地将目光投向母亲，阿米娜浑然未觉地坐在一把椅子上，心似乎停留在有拉齐尼·巴依卡的远方。

都尔汗·拉齐尼继续说着：“我爸爸做了村干部以后，就很少陪我跟弟弟聊天了，整天都在工作。今年疫情的时候，我们都在家隔离，只有爸爸整天在村子里忙前忙后。爸爸过去一直说要给我们家修一个厕所，这样我们就不用晚上跑去院子外面的公共厕所了，可是说了很久都没时间修，我总觉得爸爸不会骗我们的，他有一天一定会回来，兑现自己的承诺。爸爸还说要带我去北京，还没顾上带我去呢。我过去一直想当老师，但是现在不想当了，我长大后要做医生，那样就可以救活我爸爸，也可以救更多的人，就像疫情的时候那些救治病人的白衣天使一样。”

第二天是星期五。在塔吉克族的传统中，有人过世后，会埋葬在家族墓地里，在亲人过世的第一个年头，每个星期五的早上天未大亮，全家人和亲戚邻居都会起来，一起去给亲人扫墓。

拉齐尼·巴依卡的墓地在兴都库什山的脚下，那是一处靠近山谷的坡地，离村子大约有几公里远，走过去需要一个小时左右。冬季大雪让路变得很滑，但是每个周五上午，依然会有一大群人默默聚集为他扫墓。

将亮未亮的严冬早晨，人们沉默着向那里进发。我坚持想去看看他，跟在长长的祭奠队伍里，像是跟着鹰群在走。在兴都库什山巨大的臂弯里，拉齐尼·巴依卡的墓地简单而朴素，用沙土堆起来的墓穴上，摆放的鲜花已经枯萎。在他的墓地旁边，一排挖好的长2米多、宽1米多的土坑里，有帕米尔高原上经历时光洗礼的卵石坦露在阳光下，像是一种坚韧而倔强的存在，垫起了生命从生至死的道路。那是按照塔吉克族习俗，留给年迈的族人的墓穴。

人终归难免一死，可是，哪怕终将尘归尘土归土，依然会有不同。那些平凡且伟大的生命所携带的人性芳香，会遗留在这座山谷里，浸润时光，也浸润土地，成为直抵云霄的浩然之气。

我抬头远望，看到那只一直振翅高飞的雄鹰，停留在对面的山崖上，像是疲倦了一般，垂下头颅，陷入寂静。

一阵阵悲戚的哭声在墓地间回荡，都尔汗·拉齐尼长久被压抑的情感在一瞬间决堤，哭得上气不接下气。这个坚强的孩子，她知道死亡意味着什么，也知道父亲再也不会回来了，她刻意配合着大人最初善意的隐瞒，将无尽的忧虑与悲伤压制在心底。唯有此刻，当父亲冰冷的墓穴像大地上难以愈合的伤疤横在她面前，她所有的压制尽皆失效。

哭声在云端里飘荡，我看到那只雄鹰振翅而起，在我们的头顶时而俯冲，时而向上。它凄厉的鸣叫，满怀悲戚。

举行完传统的悼念仪式，一群人踩着卵石遍布的高原戈壁返回，我牵着都尔汗·拉齐尼的手，似乎再一次听到雄鹰翅膀拍击空气的声音，便停下来抬头仰望。那只雄鹰划过山顶，激扬起山顶的冻雪，划出一道闪电般的影子。都尔汗·拉齐尼也跟我一起抬头仰望，她的眼睛中露出一抹光亮，认真地说："阿姨，我总觉得爸爸变成了一只雄鹰，在天上一直看着我们。"

记得在采访之前，我曾经问塔县宣传部一位干部："拉齐尼的这种爱国、无私、奉献的精神，究竟是从何而来的?"

那位干部看着我说："你采访完就会找到答案。"

此刻，那答案似乎越来越清晰。

五、雄鹰之歌

"我志愿加入中国共产党，拥护党的纲领，遵守党的章程，履行党员义务，执行党的决定，严守党的纪律，保守党的秘密，对党忠诚，积极工作，为共产主义奋斗终身，随时准备为党和人民牺牲一切，永不叛党。"那一年，在不大的一块空地上，拉齐尼·巴依卡握着拳头，脸上庄严肃穆，一句一句跟着宣誓。那一天，他终于成为一名中国共产党党员，对他来说，那是一个极为重要的日子。

此后，他一直按照所宣誓的誓词来要求自己。

提孜那甫村并不大，只占据了提孜那甫乡靠近兴都库什山脉的一部分。当冬天临近的时候，从红其拉甫夏牧场撤下来的牧民们会回到提孜那甫村越冬并耕种土地。在拉齐尼·巴依卡的手机里，那是一处安静的好地方，兴都库什山与喀喇昆仑山共同拱卫着提孜那甫，水草丰茂，高原柳茁壮。而红其拉甫则不然，它气候恶劣，冷暖无常，是飞鸟也会躲避的地方。但是，拉齐尼·巴依卡似乎更偏爱红其拉甫一些，因为他的护边员工作大部分是在红其拉甫。

拉齐尼·巴依卡开通朋友圈发布的第一条内容，是2017年4月10日他和同事在巡边路上的一组图片。在那组图片里，他穿着迷彩服，站在高山之上俯眺，在他身后有一道长长的铁丝网，那正是他2016年11月底带着村民一起架起来的。

当时边防连接到上级命令，要在海拔5000多米的山口架设一道铁丝网，必须在一个月内完成。边防连人手有限，虽然全连召开了紧急动员会，但是还是一筹莫展。正在大家发愁的时候，拉齐尼·巴依卡主动找到边防连说："听说你们要在山口上拉铁丝网，我已经和乡亲们商量好了，山口我们比你们更熟悉，我们去帮你们拉铁丝网。"

那天，拉齐尼·巴依卡带着提孜那甫村的300名群众，浩浩荡荡到山上去拉铁丝网。在海拔5000多米的山口上，碎石山坡又陡又滑，牦牛上不去，那些自发组成的工作队伍没有任何可供助力的工具，只能用肩扛，用手抬，将铁桩子和铁丝网全部背上了山。

帕米尔高原10月就会进入冬季，11月正是天寒地冻的时候，被冻结的土地像石头一样坚硬。他们用镐头一点点凿冻土，在极寒、缺氧、大风、强烈紫外线的重重考验下，硬是靠人力和手工一点一点地拉起了铁丝网。许多人老茧密布的手上裂满了口子，拉齐尼·巴依卡的手最为严重，手磨破后又被冻伤，连握起来都很吃力。他不吭声，多套了一双手套遮挡着，却常常在干活时疼得紧咬牙关。就这样，他们硬是用了不到一个月的时间完成了工作任务。

十几年的巡逻路，边防官兵不仅和拉齐尼·巴依卡结下了深厚情谊，更是跟提孜那甫村结下了鱼水深情。村里的事就是边防连的事，边防连的事也是村里的事。拉齐尼·巴依卡始终记得那些让他备觉感动的时刻。那一年，大雪压塌了村里的房子和羊圈，是边防官兵帮助大家来修的；吐尔迪罕大妈家是贫困户，是他们买来羊羔帮她致富；红其拉甫没有医院，牧民生病了都是到边防连队找军医。牧民到了连队就像到自己家一样自在随意，而官兵们见到牧民，也像见到家人般亲切熟悉。

那一年，提孜那甫乡突降暴雪，积雪厚达60厘米。拉齐尼·巴依卡刚回到家里，还没顾上吃饭，就听到急促的敲门声。他打开门，看到村民尼亚丁摇摇晃晃地站在门口，脸色青紫。他赶紧将尼亚丁扶进屋里，倒了一碗热奶茶让他喝下，缓过劲儿来的尼亚丁带着哭腔喊道："拉齐尼大哥，快点，快去救人。"

暴风雪来得太突然，在冬牧场放牧的几位村民赶着羊群往回撤的途中，被积雪困在了海拔3000多米的山口处，情况非常危险。身强力壮的尼亚丁自告奋勇回村里求援，他独自在风雪中挣扎着走了3个多小时才赶回来，直接去敲拉齐尼·巴依卡家的门。他知道，有拉齐尼·巴依卡在就一定不会出事。

拉齐尼·巴依卡知道情况紧急，一刻也不敢耽误，立即报告给村干部，带着人携带生活和医疗急救用品骑马赶往出事地点。

雪深没膝，风寒入骨，道路完全不可辨，只能依靠山峰的位置判断方向。他竭尽全力驱赶马匹快点走，历经2个多小时艰难跋涉，终于到达牧民被困地点。由于被围困时间过长，已经有十几只羊被冻死，一位70多岁的老牧民冻得嘴唇发紫说不出话来，见到拉齐尼·巴依卡后便一头栽倒在地。拉齐尼·巴依卡二话不说，立即脱下身上的大衣裹在他的身上，并实施紧急救治。在拉齐尼·巴依卡的努力下，经过6个多小时的艰难跋涉，牧民和羊群终于被平安带回村里。

2017年7月20日，在拉齐尼·巴依卡发布的一组图片中，他带着护边员在尘土飞扬的山坡上艰难前行。群山如嶂，却未能阻止他向前的脚步，他走得那样专注与用力，像是要把每一个脚印印入泥土之中。

雄峻壮阔的塔什库尔干塔吉克自治县，以其无可匹敌的瑰丽之姿悦人眼目，但每一幅看似绝美脱俗的画面背后，几乎都藏着无尽的酷烈与危险，救护、帮助、巡边构成了拉齐尼·巴依卡的日常。

在2017年“感动喀什”十大人物的评选中，关于拉齐尼·巴依卡的颁奖词是如此写的：

> 在茫茫高原上，你是一座移动的山峰；在风雪帕米尔的巡逻线上，你是一座巡逻的界碑！雪崩、滑坡、泥石流是你意志的磨刀石；悬崖、冰河、暴风雪是你人生的生死场。一生守边，代代相传，是你崇高而神圣的职责；一生光荣，代代光荣！一个牧民就是一个哨兵，一座毡房就是一座哨所。多少个拉齐尼·巴依卡，就有多少钢铁边防线！你们是不穿军装的边防卫士！让我们向你们致敬！

这正是拉齐尼·巴依卡爱国精神最真实的写照。

近几年，拉齐尼·巴依卡获得自治区道德模范、民族团结进步先进个人、优秀护边员等多项荣誉称号，并在2020年10月获得全国爱国拥军模范荣誉称号，同年11月获得全国劳动模范荣誉称号。但是无论再多的荣誉加身，他始终还是那个善良朴实、忠诚勇敢的拉齐尼·巴依卡，荣誉对于他来说，只是让他增添了几分责任与动力。他常说：“我是代表每一个在边境线上巡逻的护边员获得这份荣誉的，那是我们共同的荣誉。”

2020年1月，拉齐尼·巴依卡当选为村干部。当时正是疫情初期，为了保障隔离群众的生活，他每天冒着零下20多摄氏度的严寒，挨家挨户给村民送物资，一天下来，常常浑身冻得透心凉。用同为村干部的扎热非巴依·巴拉提的话说："看见烧水的火炉，他恨不得把手伸进去取暖，可嘴上还笑着说'没事没事'。"

疫情过去后，他半个月在山上巡逻，半个月在村里办公，很少有休息时间，完全顾不上家里。每当妻子阿米娜催促他办家里的事，他总是说："大家的事是大事，咱家的事是小事，把村子里的事忙完再忙家里的事也不迟。"

在家隔离的日子，很多人因为不出门缺乏运动而变胖了，只有他愈发清瘦。

每个老百姓心里其实都装着一杆秤，称量着所有的党员。信得过，信不过，钦佩谁，唾弃谁，都分得清清楚楚、明明白白。在老百姓眼里，只有那些品行高尚、心底无私、人格伟岸的人，才值得被尊重，才能被一直记住。

我上塔县去采访拉齐尼·巴依卡事迹的时候，搭乘的是塔县一家单位的顺风车，司机麦麦提刚接了一车人，所以并不高兴已经坐满了人的车子再多塞一个我。当我挤上他的车以后，他看我一眼，没好气地问："大冬天，你去塔县干什么?"我讪讪地回答他："我去采访拉齐尼·巴依卡的事迹。"

他打量我一眼，转过头不再说话。过了一会儿，他温和地指了指自己驾驶座旁边的座位说："你坐这里吧，这里不挤。"

等我落座后，他递给我一瓶水，沉默了一会儿郑重地说："你得好好写写他，他是真正的英雄，是我们塔县的骄傲。"

在县城的石头城宾馆，为我办理入住手续的、美丽的前台姑娘，听说我是来采访拉齐尼·巴依卡事迹的，主动要过我的杯子，加满了热水。她把杯子递给我的时候轻声说："拉齐尼大哥是我们的帕米尔雄鹰，你得好好宣传他。"

在提孜那甫村，拉齐尼·巴依卡在村里的办公桌依旧一尘不染，那些没看完的书、没记完的笔记被整齐地摆放在桌面。在他办公桌一旁的书柜中，整齐码放着一沓他上任后整理出来的护边员资料，它们似乎都在等待着他回来。

“我们每天都会把他的桌子擦干净，希望哪天他突然能够推门进来，继续坐在那里，跟大家一起工作，为村民服务。”提孜那甫乡提孜那甫村党支部副书记扎热非巴依·巴拉提说。

1月8日清晨，麦富吐力·坎加整理好行装，踏着寒霜走出家门，很快便消失在黎明前的夜色中。此时距边境巡逻任务开始还有一个多小时，高原的天空依旧挂着满天星斗，寒意浓重，像是连星星都被冻成了一粒一粒透明的冰块。

“阿姨，最近身体怎么样？这是给您带的东西。”半个多小时后，麦富吐力·坎加来到一户人家，叩门探问。

70多岁的迪丽胡玛尔大妈闻声急切地走了出来。她看向麦富吐力·坎加，又看向他的身后，脸上瞬间闪过一丝失望。“挺好的，都挺好的……”老人嘴唇紧抿，脸上满是悲戚，欲言又止。

就在麦富吐力·坎加准备离开时，迪丽胡玛尔大妈再也按捺不住悲痛低声啜泣起来。她哽咽着说：“我一直觉得拉齐尼·巴依卡还活着，说不定哪天就会出现在我家的门口，来看我，给我带来惊喜。”

麦富吐力·坎加的泪水也无声流了下来。就在拉齐尼·巴依卡出事的前一天，还专门给麦富吐力·坎加打电话，嘱咐他：“兄弟，我经常去的迪丽胡玛尔大妈家，你有空替我去看望一下。她们家就只有大妈一个人独住，我在喀什大学这边培训，暂时回不去，不放心她，你一定要替我照看好她。”

这成为他和麦富吐力·坎加最后的一次通话，也成为他们最后的约定。

麦富吐力·坎加和拉齐尼·巴依卡是发小，一同长大，一同当护边员，情同手足。如今麦富吐力·坎加能做的，只有在心里一遍遍保证：“拉齐尼兄弟，你放心，你未完成的我都会替你完成，我会如你所期望的，一直做一名不穿军装的战士，守护好边境，全心全意为人民服务。”

那西尔江·塔西坎迪与拉齐尼·巴依卡同村，采访的时候，他含着泪说：“我们一家住在山区的毡房，离村子有近20公里的路。有一天夜里，我母亲突发急病，我快急死了，马上想到给拉齐尼打电话。也不知他从哪里找到一辆车，摸黑开到山上，把我母亲及时送进县里的医院。拉齐尼让人信得过，大家有事都会马上想到他，无论谁找他帮忙，每次他都会尽心尽力地去帮。”

大诗人杜甫写过一首诗，其中有一句：“所向无空阔，真堪托死生。”每每读到这句，我都很动容。要有怎样的信任，才“真堪托死生”？要有怎样的勇烈，才不负这生死攸关的托付？

在拉齐尼·巴依卡的家里，有厚厚一沓标注满了拼音的文件，那是他作为第十三届全国人大代表的提案，他一直细心保留着。他的国语不是特别好，所以他在每一个字上都细心地用红笔标上拼音。在家的时候他会请女儿都尔汗做他的小老师，在外面的时候，他则虚心地向身边的朋友请教。三年来，他共提交了12份议案，围绕民生领域建言献策。正是这份拼音标注的提案，不仅使得当地护边员人数得到增加、待遇有所提高，更使得边境线上的基础设施得到极大改善。

拉齐尼·巴依卡曾说：“如果知识水平不够的话，怎么起模范带头作用？怎么提成熟的议案？怎么带领村民过上更好的日子？”

为了提高自己的知识水平，他不放过任何一次学习的机会。三个月前，拉齐尼·巴依卡来到喀什大学培训，重点学习国家通用语言文字。在拉齐尼·巴依卡的练字本上，一笔一画都写得极其认真。偶尔出错的地方，老师批改后，他都会反复练习好几遍。

负责给拉齐尼·巴依卡等人上课的喀什大学中国语言学院教师刘局红说：“拉齐尼·巴依卡是个好学生，虽然性格内向话不太多，但是能吃苦，很努力，很认真。每天我走进教室的时候，他都已经把讲桌收拾得整整齐齐，黑板擦得干干净净。他经常说自己还年轻，以后的路还长，所以想在各方面都能有所提高，更好地为巡边、护边做贡献，还希望把自己的儿女教育得更好……”

伟大出自平凡，平凡造就伟大。拉齐尼·巴依卡是平凡的，但是他又是不平凡的。在他的身上，延续着一粒叫作“一脉相承”的爱国爱民的火种，经由他，不断地散发出去、播撒出去，成为一种崇高伟力。

凯力迪别克·迪力达尔说：“共产党让我们过上了好生活，护边是我们的责任。”

巴依卡·凯力迪别克说：“我希望我的儿子能够为祖国、为人民做出贡献，我会因此而自豪。”

拉齐尼·巴依卡曾经说：“我希望我儿子好好学习，更希望他子承父业，成为一名比我更优秀的向导。”

拉齐尼·巴依卡的女儿都尔汗·拉齐尼说：“我的爸爸，不论什么时候，遇见多么危险的情况，都一定会帮助别人的。在我心里，爸爸是英雄，我感到特别骄傲和自豪，我也会成为他这样的人。”

拉齐尼·巴依卡的儿子拉迪尔·拉齐尼说：“我知道我爸爸是个英雄，我长大了也要像他一样当个英雄，继续完成他的心愿。”

…………

光荣必将传承，英雄永不独行。

正是这样一代又一代永不更改、永不变色的精神传承，才造就了这样一门英烈的传奇，造就出这样简单质朴的“位卑未敢忘忧国”的平凡英雄。

在拉齐尼·巴依卡的微信朋友圈里，记录着他写的这样一首小诗：

南湖红色的光照亮帕米尔高原，
在晨曦中，我祖父凯力迪别克露出笑颜。
他对祖国安危怀着一颗雄鹰般警惕的心，
他视巡边为自己义不容辞的职责和担当……
祖父和父亲的精神鼓舞着我雄鹰般飞翔，
我以钢铁般的意志，日夜巡逻在冰峰雪岭间。

这是拉齐尼·巴依卡创作的诗歌《南湖》，也是他在朋友圈发布的最后一条动态。

时间，永久停留在了那一刻。

六、向死而生

我不得不写这一部分，为了让拉齐尼·巴依卡的一生完整而清晰。

可是，我是多么抗拒写这一部分。我将它挪到最后，让那些呼啸的日子如浆果般，能够在时光的枝头多停留一刻，哪怕仅仅多一刻也好。让巴依卡·凯力迪别克的儿子，阿米娜的丈夫，都尔汗与拉迪尔的父亲可以停留得久一些。因为此后，拉齐尼·巴依卡将不仅仅是他们的亲人，还将属于这片土地和更多为他所守护的人们。

时间退回到2021年1月4日，新的一年刚刚开启，在节庆之余，也带来了连绵的几场大雪，为喀什大学的校园披上了一层银装，也增添了更深的寒意。

已经放寒假了，安静的校园里，只有少数人还在学习。

正在喀什大学培训的拉齐尼·巴依卡与舍友木沙江·努尔墩刚做完核酸检测，他们说笑着，正准备去餐厅吃饭，突然听见一阵声嘶力竭的呼喊：

“快来人啊，救救孩子！”

几乎是本能的反应之下，拉齐尼·巴依卡循着呼声，急奔过去。他发现一个孩子正在校园人工湖的冰窟里无力挣扎，无助的母亲在湖边大声哭喊求助。拉齐尼·巴依卡没有一丝犹豫与停顿，直接冲了下去，想要把孩子拉出冰窟窿，但是冰面太薄，他刚抓住孩子便随着破碎的薄冰一起跌入了湖里。

当天喀什气温零下6摄氏度，湖水冰冷刺骨，拉齐尼·巴依卡落水之后，一面蹬腿保持着平衡，一面将头埋进水中，双手奋力托举，使孩子面部浮出水面。

紧随其后的木沙江·努尔墩赶紧脱下大衣，并让孩子的母亲解下围巾，系在一起，往水里送，想把拉齐尼·巴依卡拽上来。没想到，他的脚下稍一用力，站着的冰面顿时四散而开，他也随即落入水中。

路过湖边的群众见此情景，立刻拨打报警电话求助。很快，正在巡逻的辅警王启鹏赶到现场。

“快去拿救援设备！”给同事嘱咐完，王启鹏走上冰面。脚下，不时响起冰层细微碎裂的声音。

王启鹏深吸一口气，跪在冰面上，身体全力向冰窟前倾斜。“快，抓住我们的手！”王启鹏和孩子的母亲一起使劲，慢慢把离他们最近的木沙江·努尔墩拉了上来。

短短十几秒内，意外再次发生，孩子的母亲准备绕到靠近孩子和拉齐尼·巴依卡的冰面上去施救，自己却掉入水中。

“都趴在冰面上，别站起来！”这时，喀什大学后勤管理处餐厅管理员王新永赶到，一边匍匐在冰面上，一边对人们大喊。

他逐渐爬到靠近孩子的冰面。此时拉齐尼·巴依卡已经坚持了近10分钟，一直用力托举着孩子，把孩子托在水面之上。“救孩子，先救孩子。”看到有人靠近，拉齐尼·巴依卡急切地喊着，气息逐渐微弱，但双臂坚稳犹如雕塑。拉齐尼·巴依卡用最后的力气将孩子推过去，随后，慢慢沉入冰冷的湖中。

王新永与王启鹏从拉齐尼·巴依卡手中接过孩子，孩子终于获救了，拉齐尼·巴依卡却消失在水面之下。

“救生圈、救生衣和绳子，快!”喀什大学派出所辅警努尔艾力·吐尔洪和穆合塔尔·奥布力带着救援设备赶到，其中一人把绳子拴在身上，跳进水中，抱住孩子的母亲，另一人奋力拉绳，成功将孩子的母亲救出。

“我们赶到的时候已经看不见拉齐尼·巴依卡了。”穆合塔尔·奥布力难过地说。大家下水去找，没有找到。直到消防队员来了，才找到了已经浑身僵硬的拉齐尼·巴依卡。

时隔多日，木沙江·努尔墩回忆起那一刻的时候，依然心有余悸：“落水的那一刻，我整个人一下就冻僵了，真不知道拉齐尼·巴依卡是怎么坚持那么久的。”

拉齐尼·巴依卡的生命永远定格在2021年1月4日。如同向死而生的雄鹰，在沉入冰湖的刹那，他升腾的灵魂从冰封雪锁中破浪而出，直冲云霄。这是一只经过重生洗礼的雄鹰。千万年来，在勇敢的鹰族中，总有一些最为无惧无畏的勇士，能够完成这样重生的壮举。

“他这样做，是因为他从小就是这样勇敢的人。”与拉齐尼·巴依卡从小一起长大的麦富吐力·坎加说。

“我知道他一定会出手相助，这就是我的爸爸。”都尔汗·拉齐尼说。

那一刻的冰湖，风悄雪凝。

曾经，有一个疑惑一直困扰着我。拉齐尼·巴依卡——这只经历无数磨难与九死一生考验的帕米尔雄鹰，他超常的反应与野外生存能力，应该绝对不会被这一片冰湖所困住，为何会有如此惨痛的结果?

当他穿越暗流湍急、冰封雪锁的吾甫浪沟时，那些布满陷阱的幽深暗河从来没能围困住他。多少次，他为救巡逻战士，在零下40多摄氏度的严寒中和衣卧雪，或者跳入激流中，可是每一次遇险，他都能平安涉险而过。

每次穿越吾甫浪沟，都要蹚过80道冰河。那些冰河发源自喀喇昆仑山深处，冰寒刺骨，激流澎湃，也正是在冰河的不断冲刷下，坚硬如磐的喀喇昆仑山才被从中剖开这样一道道险峻的裂隙。

而海拔6000多米的达坂就更不用说了，每一步下去，都有可能自绝壁悬崖失足滑落，或者坠入深不见底的冰原雪窟中。在强烈的高山反应状态下，大脑严重缺氧，人的反应要比平原慢很多。可是，即使如此，他也总是有惊无险，每一次都顶风踏雪带着巡逻官兵安全通过，顺利完成巡逻任务。

早在拉齐尼・巴依卡很小的时候，他的父亲巴依卡・凯力迪别克似乎就已预感到他这一生将要面临无数的生死考验，从几岁开始就在不断训练着他。他在边防连被称为“活地图”，是边防连名副其实的“王牌向导”，有他在，从来没有完不成的任务。

但是，当我看完现场附近的监控摄像头所拍下的视频后，我完全明白了。他不是不知道危险，他历经千难万险，经历过最严苛的考验与历练，是帕米尔高原上最为优秀出色的向导与护边员，他知道那种情况下自己所面临的险境。他也不是无力自救，对他来说救自己并不困难。当时那种极度紧急情况下，他是知道如何自保的，只是他没有选择保全自己。在面临生死抉择的瞬间，几乎出于本能，他遵从自己内心的选择：先人后己，先救孩子。

我查阅过大量关于他的资料，深知以他的野外生存经验与能力，想要保全自己轻而易举。他只要停顿片刻，先把厚重的棉衣脱掉，再下去救人，或者丢开孩子，伸手抓住围巾就可以了。但是，这些他都没有去做。因为他知道，在冰湖中，或者无论在其他任何地方，在先保全自己与先救助他人的抉择之中，他只能有唯一的选择，那就是——毫不犹豫地舍己救人。

这是他的父亲巴依卡・凯力迪别克在不断训练他的求生本能的同时，从小教导他的——作为边防连向导，必须保证边防官兵们的安全，哪怕因此牺牲自己。而这成为他根深蒂固的本能。

当这两种本能相互碰撞的时刻，先人后已、舍己为人的本能压过了他求生自保的本能。

这是心中无我、唯有他人的至勇无私的人才会做出的抉择。从小到大，他一直是这么选择的，从无例外。

这次，当然也不会例外。

在他短暂而英勇的一生中，我找到了他们家三代护边，忠诚、无私、奉献的精神究竟是从何而来的答案，也找到了何谓英雄的答案。

被誉为明清奇才的张岱在《四书遇》中如此总结："不知不可为而为之，愚人也；知其不可为而不为，贤人也；知其不可为而为之，圣人也。"拉齐尼·巴依卡不是圣人，但是他以"知其不可而为之"的责任担当通过了无私无我的生命冶炼，从而辉光永驻。

拉齐尼·巴依卡永远都不会离我们而去，就像他所说的："这辈子要一直做一名不穿军装的边防战士，永远守好祖国的边境线……"他借助一次至勇忘我的舍身，实现了雄奇的高原之上"帕米尔雄鹰"的永生。

在报道中，我读到过一首词，正是他一生的写照：

《清风八咏楼·悼拉齐尼》

缟素满冰峰，笛鼓泣苍穹，雄鹰长别。魂冷天山月。不惧成一跃，丹心如血。涌云翻雾，问峭壑、回音凄切。最慷慨、因死而生，雪川未负豪杰。

安边无悔三代，影踪遍西陲，满门忠烈。赤胆昆仑阅。向阳身千里，只唯龙阙。初心迢递，莽峥嵘、如石如铁。壮怀在、天地长存，盛世共襄无缺。

帕米尔雄鹰

——那迪拜克·阿瓦孜拜克的人生历练

王　族

车子向着高处行驶，车里面充满高原炫目的光亮。

几个小时之前，这辆汽车还停留在喀什的黎明气息中，而此时，它像一头耐寒的牦牛，缓缓爬上这条曾经人迹罕至的雪线。没来得及喘口气，又继续往帕米尔纵深处存在了亿万年的峡谷挺进。

帕米尔，像天一样高的地方。

一路上，我看着路两边的山，想起有人说过：山不是山，它是一个巨大无比的动物，半卧在大地上，不见头尾，但它是活着的，人们只是经过它身体中正休眠的某个部位，奋力在那些大的褶皱之间日夜兼程，渺小地移动。

这时，我看见喀拉库勒湖上空，有几只鹰在飞翔。

鹰是塔吉克族的图腾，也是帕米尔高原的精神象征。塔吉克族人崇尚鹰，在节日欢庆中跳鹰舞，在高处的山冈上吹鹰笛，在大雪纷飞中吟唱有关鹰的歌谣……鹰把世界拉近到人们面前，然后把人们的目光在苍穹中带远。时间久了，鹰的神圣、自信、果敢和雄迈，会启发和引领人的心灵，并影响人为之效仿，最终让人与鹰形成共有的秉性。

这是高原的冶炼，经过这种冶炼的塔吉克族人，内心更加自信，目光更加冷峻，身体更加有力量。

像鹰一样活着，活出雄鹰在蓝天飞翔的英姿。

很多塔吉克族人都是这样。

一、致敬父亲

塔什库尔干塔吉克自治县有什么特别之处？

如果放大地图，就可以看到，它所在之处正是喀喇昆仑山、兴都库什山、阿赖山等一众雄山的“打结”之处。县境内南有海拔8611米的世界第二高峰——乔戈里峰，北有海拔7509米的“冰山之父”——慕士塔格峰，人称“云端上的县城”。

这里氧气稀薄、人口稀少、山大沟深……塔县人民，世代困于这些沟壑碎峰之间，戍守着中国与阿富汗、塔吉克斯坦、巴基斯坦三国边境。

边防军人守护着边关，派出所的警察则守护着人民群众。

在波斯特班迪尔村和新迪尔村之间，坐落着班迪尔派出所。

一面国旗、一名警察、一顶帐篷、一个工作包，就是班迪尔派出所教导员那迪拜克·阿瓦孜拜克曾经的工作条件和生活环境。

然后就是通往外面的一条路，以及远处的一座雪山。

多年来，这个警务室不仅是周围乡亲们来往办事的落脚点，更成为维护民族团结的纽带。

那迪拜克·阿瓦孜拜克46岁，出生在塔合曼乡。因长期在气候恶劣、空气稀薄的雪域高原工作，他皮肤黝黑多皱，相貌看上去比实际年龄要大一些。

那迪拜克·阿瓦孜拜克出身警察家庭，他的父亲是一名警察。

父亲，一个值得尊敬又温暖的称谓。但在那迪拜克·阿瓦孜拜克儿时的记忆中，能见到父亲的时间很少，他总是很忙。群众事无小事，父亲整天忙着为左邻右舍调解各种纠纷：谁家的牛羊吃了谁家的麦子了；牧民的羊跑丢了；农户浇地的水不够，去抢别家的水了……

“我的爸爸跟别人的爸爸不一样，他把大部分时间给了工作，却把很少的陪伴留给了我。”

长大后，当那迪拜克·阿瓦孜拜克也成为一名警察，才对父亲的职业有了深刻的理解。对于当警察的父亲来说，他承担着双重角色，他守着大家，舍下小家，做了称职的民警，却做不了称职的父亲。其中的不易和心酸，唯有他自己知道。

那些年，父亲把派出所当家，总是一头扎进诸多事务中，稳中求进地想要把事情做得更好。在岗时敬业担当办实事，不在岗时仍然心系工作。他每日的忙碌来自他的职业使命感，只因他头顶着警徽，肩扛着责任。

认识那迪拜克·阿瓦孜拜克父亲的人，经常对他说：“你爸爸是个大好人，你长大了，也要像你父亲那样好。”

那迪拜克·阿瓦孜拜克听了后，总是懵懂地点点头，他还太小，对这个“好”字还没有清晰的认识。但是，每当他看见家里摆放着的父亲戴着警帽敬礼的照片，年幼的他总会感受到一种神圣的庄严感——为父亲是一位人民警察而骄傲。

那迪拜克·阿瓦孜拜克暗自下了决心，自己长大后也要当像父亲一样好的人民警察。

每次他想爸爸了，妈妈总是让他数数字，说数到100父亲就回来了。其实他知道，妈妈是骗他的，但他还是会认真地数，渴望数完了爸爸真的会回来。可是每次都很失望，他便去闻父亲挂在衣架上换洗下来的旧警服，沉溺于父亲留在家里的气息。他想让父亲留在身边，陪伴自己。有父亲在的家是凡俗的家庭生活，是小儿绕膝时的啼哭声和笑声，是煮饭时的炊烟，也是从锅碗瓢盆中升腾起的气流中的香味——这一切，像一根温柔的绳子，牵扯着一个家，以及家里面的每个人。

哦，绳子。那迪拜克·阿瓦孜拜克总是想到这个词，这个循环之物在他的睡梦中反复出现，他渴望用这根虚无的绳子牵住父亲那颗忙碌的心，让他停下来。

但他发现，自己做不到。

父亲每天回家的时间越来越晚，身上散发出各种让人迷惑的气味。这气味既发自他的内心，又来自他的外部世界。有些气味是木质的，似乎是从一个峡谷中带来的；有时他的身上濡湿了，散发出一股潮湿的气味，他知道父亲一定又涉过了一条河流；另外还有一些别的味道，泥土的味道、漠风的味道、雪水的味道、荒野的味道，甚至——还有鸟粪的味道。

这么多的气味从这个男人身上散发出来，让那迪拜克·阿瓦孜拜克陌生和迷惑，更让他恐惧。

父亲去了哪里?

他似乎已经有点儿理解不了父亲了，似乎感觉到了那根捆绑在他身上的绳子断裂时的噼啪声。

那迪拜克·阿瓦孜拜克作为民警的儿子，尽管他的成长里少了父亲的陪伴，尽管他对父亲颇有怨言，但父亲在他心目中永远是英雄。

还没有来得及陪伴，那迪拜克·阿瓦孜拜克已经长大，父亲却老了。渐白的鬓角、晒得黝黑的皮肤，以及常年劳累留下的职业病，是父亲坚守警察岗位的奉献，也是父亲的人生见证。

二、长大后，我也成了你

儿时的梦想激励那迪拜克·阿瓦孜拜克为之不懈努力和奋斗。

那迪拜克·阿瓦孜拜克顺利通过全疆招录人民警察的考试后，如愿以偿穿上了警服，像父亲那样，成为一名真正的人民警察。

刚参加工作时，那迪拜克·阿瓦孜拜克被分配到偏远的、条件最为艰苦的马尔洋派出所工作。

那迪拜克·阿瓦孜拜克在帕米尔出生并长大，知道高原的风很大，常常寒冷刺骨。哪怕到了5月，向帕米尔一眼望出去，及目所见都是一望无际的、在瑟瑟的风中起伏的枯草。

穿着警服的年轻人那迪拜克·阿瓦孜拜克，一个人骑着马上路了。

他到了马尔洋乡，看不见人，也听不到牛羊的叫声，眼前尽是贫瘠的土地。他驻马停下，眼望四周，干瘪的嘴唇动了动，将唾液狠狠地咽了下去。然后，他细眯着眼睛，目光死死盯着远处，那里的山脚下隐约可见一小片被绿树掩映的民居。

他在心里面默默说："就是这儿了。"然后，他轻喝一声，挥舞着马鞭飞快行进。身后，马蹄起落处，溅起一溜黄沙的烟尘……

马尔洋派出所最为偏远，条件也最为艰苦。说是派出所，其实就是当地牧民腾挪出来的一间茅草屋，草房用四根木头柱子顶着，每当高原风起，柱子就会发出"咯吱咯吱"的响声，感觉这茅草屋随时会倒塌。和他一起工作的同事编了一个顺口溜自我解嘲："住的是茅草屋，喝的是西北风，毛驴价格高，驮到瓦恰300元。"

冬天，踩在脚下的是一眼望不到边的、铺着一层薄薄的残雪的戈壁滩，这个地方留不住厚雪，只留得住寒冷。举目四望，只见残雪裸露处，黑硬的砾石成片铺着——贫、旱、裸、荒、瘠。那迪拜克·阿瓦孜拜克常常纳闷儿，该用怎样的一些字眼来形容这个地方呢？

这是一块被时间浇铸的琥珀，没人知道它的确切历史。年轻牧人不喜欢这里的偏僻和荒凉，只要有机会，就会逃离这里，去过热闹的城市生活。

到了夏天，这里又变成了黄绿相间、亦沙亦草的戈壁草场，酷热主宰着这里的时间和空间。

高原遥远封闭，自然环境残酷，日常工作琐碎，涉世未深的那迪拜克·阿瓦孜拜克不由得打起了退堂鼓。

他见了成天灰头土脸、穿着俭朴的老乡们，总也不愿意和他们多亲近。而这些老乡们见了他，也躲得远远的。

一年时间就那样过去了。

马尔洋乡有多少人，那迪拜克·阿瓦孜拜克都弄不清楚。当年年底考核，他差点儿被评为“不称职”。这让他感到很委屈：自己辛辛苦苦在乡下待了一整年，还得不到“公正”的评价。

退休在家的父亲了解他的心态后，语重心长地对他说：“‘警察’这两个字前面为什么要加个‘人民’，是因为我们警察靠的是人民，如果脱离了人民，就成了无水之源、无根之草，你身为人民警察，不跟群众打成一片，怎么开展工作呢？我们那时候都是骑马上班的，骑着马巡逻，到了大山深处，有时候甚至就睡在马背上。现在条件好了，你更要好好工作，不努力工作就是对不起共产党。”

那迪拜克·阿瓦孜拜克至今依然清楚地记得，父亲说完那番对他教诲的话后，好像仍然不放心，又对他说：“你要做党和国家的螺丝钉，要脚踏实地安心工作。要有耐心，只有深入群众，才能做一名合格的人民警察。”

父亲的这一番话，让年轻的那迪拜克·阿瓦孜拜克幡然醒悟，意识到了自己头顶国徽、身负重任的责任和使命。

从那时起，马尔洋乡的居民无论年龄大小，只要找上门来请那迪拜克·阿瓦孜拜克帮忙办事，他都会认真对待，尽心尽力。办理好身份证后，他有时会一一上门送证；路上巡逻时看见谁家门没锁，他就会去把门关好……

时间久了，马尔洋乡的农牧民觉得这个年轻警察特别平易近人，家长里短的事都来找他评理或调解。

群众的信任让那迪拜克·阿瓦孜拜克干劲十足，也让他和群众的心越贴越近。没过多久，乡里每家每户的情况，他都了如指掌，谁家有孤寡老人需要特殊照顾，谁家有什么困难需要及时帮助，甚至连谁家的电路老化存在隐患，谁家院子里堆的柴火在哪儿，他心里都有一本明白账。

那迪拜克·阿瓦孜拜克因工作表现突出，光荣地加入了中国共产党。

忙碌了一天的工作后，他走在路上，看得最多的是鹰——在空中飞翔的鹰。

帕米尔雪域高原的天空广袤无垠，有着最纯净的蓝。而这片天空中，经常出现一个完美镇定的黑点——鹰。那鹰仿佛天空的中枢，浑然忘我地俯视大地。

那迪拜克·阿瓦孜拜克长久地看着鹰，觉得这只鹰就像父亲，在天空的高处看着自己呢。

三、“帐篷哥”

塔县分别与塔吉克斯坦、阿富汗、巴基斯坦接壤，而班迪尔派出所的热布提警务室辖区，是塔县距离这三个国家最近的地方，同时也是富民安居工程建设最密集的区域。

2011年，那迪拜克·阿瓦孜拜克的人生发生了重大转折。

受上级组织部门的委派，班迪尔乡决定在大山深处成立热布提警务室。那迪拜克·阿瓦孜拜克被委以重任，成了那个地方的片警。

那迪拜克·阿瓦孜拜克去报到的那天，是一个大雪纷飞的日子。

路上少有过往的车辆。漫天的雪花肆意地飘洒着，轻舞飞扬，迷蒙空寂，仿佛飘逸灵动的天使，又好像古灵精怪的精灵，将那迪拜克·阿瓦孜拜克一程又一程地带入雪海深处，让他置身于那个万里冰封的银色世界。

真是好大一场雪呀！

铺满白雪的荒原被风吹得坚硬光滑，沿途偶尔看见带着暖意的炊烟从雪原上几座粗陋的石头房里升起。目光所及之处，四野空旷苍茫，没有一丝声响。

热布提警务室辖区处在沟壑纵横、常年风雪连绵的大山深处，属于典型的高原干旱荒漠气候，尤其是南部山区，常年积雪覆盖，地质学家称其为“永冻层”，而生物学家称其为“生命禁区”。

那迪拜克·阿瓦孜拜克刚到那里，便头痛、流鼻血，浑身乏力。因为昼夜温差大，他经常在后半夜被冻醒。

其所在地的辖区海拔3400多米，空气稀薄，面积超过2000平方公里，却仅分散居住着数百户牧民。这些帕米尔人家，一户比一户相隔遥远。每一户人家都享有几十里的空阔前庭，又枕靠同样几十里空间的腹地。

在这里，那迪拜克·阿瓦孜拜克每天看到的是被高山大川劈开的世界：连绵的山峰只有两种颜色，皑皑白雪覆盖的峰顶和裸露着的灰褐色山体，山麓则是一片片布满砾石的坎坷坡面。全年只有两季，长达七八个月的寒冷冬季和给帕米尔带来生机与色彩的夏季，春和秋两个季节则倏忽而逝。

那迪拜克·阿瓦孜拜克白天带着协勤开展工作，夜晚还要巡逻。警务室成立之初，暂时没有办公场地，他就寄宿在牧民家里。为了不打搅牧民的生活，他白天下辖区采集信息、巡逻检查，直到晚上才回到牧民家。

由于路上山势陡峭、沟壑纵横，那迪拜克·阿瓦孜拜克下乡入户只能依靠步行或者骑马沿河道而行。去偏远的牧民家走访，在山路上没法儿吃饭，他常常是腰里揣着一块馕，饿了就拿馕蘸着冰冷的河水吃，渴了就在雪地里抓一把雪含在嘴里，累了就躺在冰冷的石头上睡一会儿。

后来，当地因为要修建水库，处于库区的布热提要异地搬迁到班迪尔，那迪拜克·阿瓦孜拜克肩负的职责又多了一项：帮助村民搬迁。

搬家容易“搬心”难。

啃下硬骨头，关键还得靠干部。

那迪拜克·阿瓦孜拜克与县、乡干部一头扎进牧民家里，挨家挨户做工作。他对牧民们说：“班迪尔虽是一片戈壁荒滩，但地势相对平缓，乡内有塔什库尔干河和瓦恰河穿流而过，泉水较多，水资源丰富。通过水土开发，可以发展种植与养殖业，而且那里距县城只有30多公里，交通方便，将来有利于改变大家的生活环境。”

几次劝说，有些人家依旧“岿然不动”。

磨破嘴皮子，不少人心动了。

但是家中有困难的人，还是下不了决心。

一些老人还是有顾虑——搬走了，户口怎么办？草场、田地怎么办？

然后，便是拒绝。

没有别的办法，那迪拜克·阿瓦孜拜克一次不行就去两次；两次不行就去三次。他坚信一个道理：一把钥匙开一把锁，只要让政策落进心坎，真心解开农牧民的心结，就一定能够解决问题。

那迪拜克·阿瓦孜拜克变成了农牧民家的常客，常常不请自来。苦口婆心，分析利弊，晓之以理，动之以情，终于做通了农牧民的工作。

搬迁顺利进行。

尽管走出大山是农牧民渴盼已久的事，但真到了搬家的时候，乡亲们的心情还是挺复杂的。“毕竟，这是祖祖辈辈生活的地方。村民刚搬来那会儿，好些人家两眼一抹黑，连门锁都不会开，整天待在家里不敢出门……”

说到当年村民搬家的事儿，那迪拜克·阿瓦孜拜克眼睛一红。他清楚地记得，当时搬迁的时候，很多人全部的财产就是一口锅、几个不同样式的碗和几床被子。

搬家那天，一个面容苍老的牧民坐在马车上，看着渐远渐去的村路，唱起了歌：

爬上南边的达坂往下看
不见了我父亲放马的茅草地呦
却见那里大火燃烧，黑烟呛了我的嗓子
啊……呼……呜……
走过北边的山沟向远看
不见了我父亲的石头房子呦
却见那里风吹黄沙眯住了我的眼睛
啊……呼……呜……

几经周折，154户村民们搬迁到了一片戈壁滩的班迪尔，接着，政府开始给一户户村民建房子、修马路……

刚开始，易地安置区没有办公和居住用房，那迪拜克·阿瓦孜拜克怕打搅牧民生活，在征得县公安局领导同意后，买来铁钉、木头和篷布等材料，搭建起了一座简易帐篷，当作临时办公场地。

他没有想到，那个帐篷后来就变成了他长久的办公警务室，一待就是16个月。

这也给他的人生留下了难忘的记忆。

白天，他置身于大雪纷飞的建房工地，想象一户户牧民新居建好后，处处都能看见老人和孩子的笑脸……而这之中有自己的一份心血、一份贡献，再苦再累也由此释然。

夜晚，纯净、稀薄的空气不黏不腻，静谧得仿佛能听到几里以外羊的咩咩声。他的帐篷在雪地静卧着，像那些乱长的灌木丛一样突兀而起，看上去有着不辨高低的轮廓淡影。那迪拜克·阿瓦孜拜克每天回来看见它时，都会有一种错觉——这是我居住的地方吗？

雪一直在下，不断地扰乱视野，隐约有牧人的声音从远处传来，与雪地上的一声咩叫、一丝草响没有什么区别。羊粪炉子熊熊烧起来，从帐篷里传出一股沉闷的气息。外面，牦牛群在咀嚼和喘气，牧羊狗不时发出一两声的吠叫。那迪拜克·阿瓦孜拜克在帐篷里，日复一日月复一月听着那些声音，听着听着就听出了河水远逝、劲风呼啸、潮雪疾扫……然后，不知不觉睡去。

那段时间，那迪拜克·阿瓦孜拜克白天调查走访，晚上巡逻防范，真心实意为各族群众排忧解难，被当地群众亲切地称为“帐篷哥”。

他深知，群众最需要的是安居乐业的环境，于是想方设法积极开展群防群治。与群众相处熟悉了，那迪拜克·阿瓦孜拜克爱上了警务工作。他把工作重心放在辖区治安防控上，在实践中逐步摸索出一套很有特点的工作方法。在辖区老党员、老干部的支持下，先后有4个人主动要求加入辖区义务巡逻队。

爱动脑筋的他，推出了一项前所未有的举措。

白天，重在“看”。

晚上，重在“巡”。

深夜，重在“守”。

因为有了这种24小时全天候防范，辖区各类案件大幅度下降，村民之间的矛盾纠纷也减少了。

尤其是近年来，针对辖区流动人口多的特点，他把流动人口登记细化到流动人员的穿着打扮、个人喜好、交往圈等。在辖区内人口相对集中的地点，他设置了3处治安情况通报栏，定时张贴治安预警信息、告居民书等宣传内容。

塔吉克族人聚居的塔县，被人们称为“不会丢东西的地方”。因为他们崇尚太阳和雄鹰，觉得人不能做亏心事，就算没人看见，也逃不过鹰的眼睛。

多年以后，那迪拜克·阿瓦孜拜克回忆当时的经历时说：“我没有干什么轰轰烈烈的大事，干的全是为农牧民服务的琐碎小事。”他专门随身携带着一个笔记本，记录着群众的点滴要求。大到办理户口、入学、就业，小到调解夫妻矛盾、为年轻人介绍对象、调解邻里不和、将醉卧路边的牧民送回家、帮独居老人生火、替老乡干农活，甚至路灯不亮这些事儿他都一一记在本子上，想尽一切办法来解决。

他还经常自掏腰包买些茶叶、食盐和清油等生活用品送给牧民。多年的“急行军”，练就了他的一双“铁脚板”，年轻同事随他下乡，总是跟不上他的步伐。他的足迹遍及所辖区域的每一块界碑、每一条河流、每一道山沟……

处理纠纷时，那迪拜克·阿瓦孜拜克认真倾听当事人意见，依据法律晓之以理，动之以情，让双方心服口服；面对群众求助时，他想尽一切办法，尽可能地帮助群众解决问题。辖区群众都记得他郑重的承诺：有困难找那迪拜克·阿瓦孜拜克，随叫随到。

乡里几乎每个牧民的手机上都存着那迪拜克·阿瓦孜拜克的手机号码，一些上了年纪的牧民，将他的手机号码写在家里醒目的位置。那迪拜克·阿瓦孜拜克说：“做群众工作一定要有耐心，和农牧民心贴得越近，他们越信任你，开展工作就越顺畅。”在遥远的帕米尔高原，那迪拜克·阿瓦孜拜克用无声的行动诠释着人民警察的奉献与忠诚。

从警22年来，那迪拜克·阿瓦孜拜克赤诚的心从未改变，他所负责的辖区没有发生过一起刑事案件。

那迪拜克·阿瓦孜拜克把群众工作比喻成泡茶，在年复一年、日复一日的工作中，他把自己“泡”成了一杯“清香好茶”。

波斯特班迪尔村老党员马塔西·嘎瓦尔说：“那迪拜克·阿瓦孜拜克警官心系群众，我们都把他当成了家人。虽然他不是本村人，为了感谢他，村里提出给他分地盖房子，但被他拒绝了。”

许多居民找到派出所领导说：“那迪拜克·阿瓦孜拜克真心实意地为民办实事，千万别调他走，有了他，我们睡觉都感到踏实。”

四、三件小事

在波斯特班迪尔村所辖的雪域高原，塔吉克族牧人一年的一大半时间是在严寒的冬季中度过的。莽莽雪原里看不到一个人，只有几座零星灰黑的石头房子，没有电。

到了晚上，这里静得可怕。在这样的严寒天气中，牧人们的放牧却一天也不能少。他们没有蒙古族人和哈萨克族人那样的毡房，他们只是随季节周转，在每一个落脚的地方都会建一个石头房子，房子旁边就是羊圈。临水傍林的地方，多用河柳树干和随手砍下来的沙棘扎成羊圈；如果海拔高度升高，高山山地的羊圈便用石头垛就。

羊是最古老的家畜，也是被人捕获并加以驯养的最早的动物之一，在帕米尔牧区随便什么地方——牧人的皮袄、女人的头发、老人的手和被褥、毛毡、鹰笛等，都能闻到一股羊的味道。那是一种半凝固的、黏稠的味道。

长年游牧的牧人必须身强力壮、敏捷、机警、四肢灵活，不仅能跟踪羊群，还要能保护羊群不受草原上狼的侵袭。这样的生活，不是每一个人都能适应得了的。

看护羊群的生活，雨雪无常。碰上不好的天气，也不能耽误吆着羊群出去。当羊群走过山崖，雪从深远的峡谷飘来，羊群顶着风雪远去，天地空茫，羊群若一坨墨影。牧人在放牧的过程中，经常会遇到暴风雪和寒潮天气。这样的天气，对靠天吃饭的牧民来说是一件大事。

那迪拜克·阿瓦孜拜克给我说起一件几年前发生的事情。

那一年隆冬，由于持续寒流，帐篷不保暖，那迪拜克·阿瓦孜拜克患了重感冒。若是在平原之地，感冒是小事情。但在高原，重感冒很难痊愈，一旦持续高烧，就会引起肺气肿，直接危及生命。为了不给所里添麻烦，他没请假，一直带病工作。

这天深夜，那迪拜克·阿瓦孜拜克在帐篷里给快要熄火的炉子加上煤，正准备去卫生院打针时，有人掀开帐篷的门帘，露出一张苍老的脸，吓了他一跳。

来人是辖区的牧民沙力江大叔。

原来，他今天赶着羊去了很远的地方放牧，不料遇上了暴风雪，羊群在途中跑散。不一会儿，羊群的蹄印就被风吹得无影无踪，极目之处，再找不见它们的影子。

“儿子不在家，这可咋办呀!”沙力江大叔带着哭腔，一筹莫展地看着那迪拜克·阿瓦孜拜克。

“你把羊赶到哪里了?”那迪拜克·阿瓦孜拜克仔细询问。

“赶到对面的山里了。”沙力江大叔朝帐篷外指了指，“那边的草好嘛，羊吃了嘛劲儿大，吃着吃着‘扑希’过去了，我就找不见它们了。”沙力江大叔说的“扑希”是形声词，意思是一下子就不见了。

沙力江大叔说的好草，是指进入大山分界带之后，地表生长的呈灰色的松蒿类植被，碱性大，油性足，营养价值高，更利于产奶催膘。这就是羊群最终要走到那里的原因。

“丢了多少只羊？”那迪拜克・阿瓦孜拜克问。

“20只。”沙力江大叔小心翼翼地看着那迪拜克・阿瓦孜拜克。

群众事无小事。

那迪拜克・阿瓦孜拜克安抚好沙力江大叔，裹上棉袄就出了门。他顺着沙力江大叔指示的羊群失散的方向，只身一人向大山深处奔去。

在大风呼啸的暴风雪中，平常熟悉的山脊变得无比陌生和恐怖。

那迪拜克・阿瓦孜拜克追了十几公里，经过3个多小时的艰难寻找，终于在一个小山谷看见几只灰白色的羊在寒风中紧紧地蜷缩一起，再往前走了几百米，看见山脚下有一小片灰白色的小圆点在蠕动。

是羊群。

它们在白雪茫茫的荒草地上迈着缓慢的步伐，抖动着短而卷曲的毛，偶尔停下来，用羊蹄重重地刨开坚硬的雪层，拿柔软多毛的嘴唇撕扯草茎。一道道被羊蹄刨开的草丛与雪泥交错，在夜色中变得黯淡。

“就是它们，我找到了。”那迪拜克・阿瓦孜拜克心中一喜，加快脚步向它们跑去。

当他把失散的羊群赶回沙力江大叔家的羊圈时，沙力江大叔感动得不知说什么好。就在他要将感谢的话说出口时，却看见体力透支的那迪拜克・阿瓦孜拜克嘴唇发紫，面色发黑，一下子昏倒在地上。

沙力江大叔连忙将他送到了村卫生院。

村医说：“这是高原上最可怕的肺气肿啊，幸好送来及时，否则……”他摇了摇头。

这一次从死神手中逃过一劫，让那迪拜克・阿瓦孜拜克深切感受到：活着真好，活着就要为老百姓办点实事。

警务室成立之初，不少牧民很不理解，对着这顶帐篷指指点点——怎么将警务室设在自己家门口呢？

是不放心我们？

还是那迪拜克·阿瓦孜拜克因为害怕，往牧民跟前凑？

或者还有别的什么意思？

那迪拜克·阿瓦孜拜克走访入户时，有不少牧民闭门不开，或借口放牧，对他的来访不予理睬。

一道门槛摆在了他面前。

怎么才能让这些牧民接受自己、信任自己并支持自己的工作呢？他无意中发现，有许多牧民在玩手机时，特别喜欢自拍和全家拍合照，家庭的合影在他们的心里是一个支撑点，也是对血亲的一个证明。

那迪拜克·阿瓦孜拜克突然灵机一动，向领导汇报后，找来一架相机。再走访入户时，他义务给每家每户拍合照。

那迪拜克·阿瓦孜拜克安排那些高大的、矮小的，瘦小的、肥胖的人一一站好。他们每一个人，都在镜头面前装点或收敛自己的情绪，相互配合，共同完成这一幅幅雪域高原牧区生活的风俗画。

合影过后，他将全家福送到照相馆放大洗好，再亲手送到一个个牧民手中。牧民们如获至宝，对他拍的全家福合影喜爱极了，将它悬挂在家中最为显眼的位置，一遍遍地抚摸着，简直到了上瘾的程度。他们逢人就说，这是那迪拜克·阿瓦孜拜克警察送的照片。

一张全家福打破了僵局，迎来了那迪拜克·阿瓦孜拜克群众工作的春天。

那迪拜克·阿瓦孜拜克再次到牧民家走访时，牧民硬是要将他拉到一起合影。以至于后来，有民警身影的塔吉克族全家福，在这片雪域高原牧民家里随处可见。

2003年冬天的一个凌晨，值班近一夜的那迪拜克·阿瓦孜拜克刚睡下没多久，便被警务室外的一阵吵闹声惊醒了。

他出去一看，马尔洋乡的老乡长带着两个牧人站在警务室门前。一个高个子，另一个矮个子，都穿着典型的牧民服装。

没等那迪拜克·阿瓦拜克问他们为何事而来，高个子牧人指着身后的一头黑色牦牛对他说："牛是我的，不是他的。"

矮个子牧人急了，一把扯住高个子牧人的衣袖："它是我的牛，你太坏了，你在河边捡了我的牛，偏说是你的。"

那迪拜克·阿瓦孜拜克赶紧拉开了他俩，围着那头牦牛慢慢转了一圈。

马尔洋乡乡长向他说起这事儿的缘由。原来，高个子牧人是马尔洋乡的牧民，一个月前在河边抓了一头牦牛，带回了家。谁知，瓦恰乡的矮个子牧民找来了，说这头牦牛是他在河边丢失的，得还给他。两人为这头牦牛的归属争执不下，闹得很凶。乡长为这事处理了三次都没个结果，便带着两人来到警务室，求个公道。

那迪拜克·阿瓦孜拜克不紧不慢地对高个子牧民说："你说一下你的牦牛有什么特征？"

高个子牧民说："我的牦牛毛皮颜色是黑色的，耳朵是割过的，有疤痕。"

那迪拜克·阿瓦孜拜克点点头，又问矮个子牧人："你的牦牛呢，身上有什么特征？"

矮个子牧人说："我的牦牛毛皮颜色也是黑色的，耳朵也是割过的，有疤痕。但是它的左前腿下面有一撮白毛。"

那迪拜克·阿瓦孜拜克笑笑，指了一下矮个子牧人："我知道这头牦牛是谁家的了，你今天可以带着你的牛回家了。"矮个子牧民笑了，露出一口白牙。

当那迪拜克·阿瓦孜拜克判完这个案子，走过这头黑色牦牛身边时，它纹丝不动地站在警务室外的拴马桩前，连眼皮都没动一下，似乎这一切的纷争与它无关。只有风雪继续吹着它长长的鬃毛和尾巴。

五、我的心离北京很近

塔什库尔干塔吉克自治县位于帕米尔高原，是深度贫困县。当脱贫攻坚战役“挺上”帕米尔高原，为贫困农牧民带来了希望。

11年过去了，当年荒芜的“戈壁滩”班迪尔变成了今天的“金沙滩”，从以前的泥巴石头房到如今的砖混结构新居，从以前掌着马灯照明到如今家里通电，从以前饮水困难到如今家家通自来水，从以前骑在马背上四处迁徙、以牧为生到如今发展农牧副业，日子就像牧歌一样婉转动听。

走在班迪尔村，村容村貌也变了：道路整洁，家家门前都开垦出了种植区，种上了蔬菜和花卉，房后则是漂亮整齐的牛羊暖圈，一派新农村好风光。

大片砖瓦结构的平房拔地而起，周围是无尽的旷野，没有高层建筑，村子里少有走动的人——他们都去地里干活了，只有几头牛、几条狗在街上闲逛。

塔吉克族牧民虽过上了定居生活，但他们的脸上明显留有过去放牧时日照和风沙的痕迹，男的走路两条腿叉得很开——那是他们曾经常年骑马的缘故，但如今他们大多骑摩托车，脸上常常挂着笑容。

这个村子规模不大，方方正正，唯一的一条柏油路干净整齐。路两边绿树成荫，村子里的人家，水、电、棚圈、电视、电话等一应俱全。村里还有卫生所和文化室，走在路上的人们，表情中有着满足感。

定居，使牧人得到了调养。

"以前我住的地方离县城很远，山大沟深，土地贫瘠，去一趟县城得翻越海拔4000多米的达坂，若非必要，我们很少出来。"阿里甫·巴吉说。

阿里甫·巴吉家有5口人，以前的房子破烂不堪，夏不挡雨、冬不挡风。因为村子坐落在深山里，四面环山，他们几十年过着与世隔绝的生活。

"深山里的日子真是穷怕了、苦怕了！"阿里甫·巴吉感叹。

经过零散搬迁和集中安置，帕米尔高原这片贫瘠之地正焕发出勃勃生机，让一批批群众走出山区，走进平川，走向小康，走向富裕。

像帕米尔高原群众的生活发生了与以往迥然不同的变化一样，那迪拜克·阿瓦孜拜克的生活也发生了巨大变化。

因为他扎根高原，服务基层，踏踏实实为群众办实事，在中华人民共和国成立70周年之际，他被授予"最美奋斗者"荣誉称号。

虽然已过去很长时间，谈起在北京天安门广场参加国庆观礼活动的情景，那迪拜克·阿瓦孜拜克依然难掩激动："说实话，我长这么大，之前从没有出过大山，我从雪域高原的大山深处第一次来到北京，亲眼看到了它的繁华，感受到了我所工作环境的艰苦，但是，既然选择了这个职业，就要无怨无悔。我常常想，帕米尔高原尽管偏远，但它是中国的土地，就要由中国警察来坚守，当祖国安宁了，人民安全了，我觉得一切辛苦都是值得的。"

从北京参加国庆观礼活动回到帕米尔高原，他做起了宣讲员，穿梭在学校和牧场，宣传党的政策和国家发展成就。

"我做的工作还远远不够。"那迪拜克·阿瓦孜拜克说，"我经常鼓励孩子们，我们在高原上，'缺氧但不缺精神，骨头要比石头硬，精神要比海拔更高'。要好好学习，将来能够成为对社会有用的人，为国家做贡献。"

他手机的屏保，是他7岁的小儿子穿着帅气警服的照片。

此时的他还不知道，可爱的儿子因他忙于工作、缺少陪伴而心生埋怨：“因为尽可能想让你在家的时间多一点，所以我对你的手机铃声一直有一种很深的排斥感。

“每次周末家里电视机开着，你在沙发上其实并没有看电视，只是躺着休息。你的电话一天24小时不关机，工作与责任不允许你关机。

“有时电话一来，我坐在沙发旁边看着你突然弹起来，然后立刻接电话，你的反应都会把我吓一跳。有时是你给别人提意见，有时你必须要出警。如果出警，你5分钟之内准备好要用的东西，穿上警服、鞋子，然后急匆匆出门。

“睡觉这件事对你来说像是奢侈品，即使在深夜里，你也总会接到出警电话，你在很短的时间内就已经出了家门。当我第二天醒来时，你要么不在家，要么刚回来没几个小时，在家里疲惫地休息。

“你的睡眠不足，我无数次看见你眼里布满了红血丝，所以当偶尔看见你精神状态十足时，我会比常人家的孩子高兴好几倍。”

儿子虽然对那迪拜克·阿瓦孜拜克有诸多不解，但是如果有人问他长大了想干什么，他会用清脆的童音回答：“当警察。”

是的，孩子们在学校里学习国语，能与人自由交流，他们会对高原之外的世界，对中国的大江南北感兴趣。但如果有人问他们长大之后要干什么，无论男孩女孩，都会异口同声地答道：“当一名边防警察。”

这是塔吉克族人保持已久的传统，虽然他们只有5万人口，但每逢边防征兵，家家户户的青壮年都会踊跃报名。参军报国，守卫边防，对于塔吉克族人来说是无上的荣耀。家家户户的大人都会从小教育孩子，要热爱祖国，守护世代居住的土地。现在仅班迪尔乡就有400多名守边员，他们在守卫着帕米尔高原，也守卫着祖国边关。

塔吉克族人视鹰为百禽之首，有“鹰的民族”“帕米尔雄鹰”等美称。

他们崇敬鹰，将鹰视为忠诚、勇敢、善良和正义的象征。

他们对鹰有特殊的感情。鹰舞，是他们最喜爱的舞蹈。无论是婚丧嫁娶，还是重大节日，塔吉克族人在鹰笛和手鼓的伴奏下，都会跳起鹰舞。无论田埂地头、庭院内外，只要鹰笛和手鼓声响起，人们便会纷纷起舞，尽现鹰一般的舞姿。

一天，那迪拜克·阿瓦孜拜克一家受邀参加朋友的婚礼，众人围坐或半围坐。当纳依（用鹰翅骨制作的短笛）和手鼓声响起，那迪拜克·阿瓦孜拜克的父亲跳起了鹰舞。只见年迈的父亲时而盘旋仰步，如鹰起隼落；时而双肩微抖，如鹰在空中傲视；时而激烈抖动双臂并摊开双掌，左右旋转或侧身跃起，做雄鹰展翅、搏击风云之势。他脚顿挫，手高扬，腰扭动，眉毛和嘴唇跟着动作节拍不停地微微颤动……

父亲跳鹰舞的舞姿打动了在一旁的那迪拜克·阿瓦孜拜克，他的心一下子像被什么戳中。他站起身，迎向父亲，第一次跟他对跳起了鹰舞，优美的双人鹰舞让他俩犹如双鹰在高原翱翔。

蓝天白云下，鼓声和歌声响彻帕米尔高原。

在座的人们纷纷加入鹰舞中，传神的舞姿构成了帕米尔高原最亮丽的风景线——

> 帕米尔，你高耸入云天，
> 洁净的空气，让生命露欢颜；
> 鹰笛的乐曲从四方传，
> 你的儿女们，生活幸福甘甜……

塔克拉玛干的呼唤

毛玉山

流动的飞沙早已疲倦，没有人挽留它们，风暴将它们带来又带走，从不知家在何方……

四处飘飞的红柳种子，它们渴望孕育生命，没有一滴水让它们生根发芽，被遗落的命运从未改变……

这是塔克拉玛干千年的呼唤、万年的等待，直到20世纪80年代的某一天，有一个人向它们走来。

——作者题记

一、策勒告急！县城面临第三次搬迁

对于塔克拉玛干沙漠南缘的策勒县来说，漫天沙尘的日子可以说是家常便饭。在这里的春夏两季，每年都有一两个月的沙尘天气。

在策勒县的历史上，由于沙尘暴的残酷侵袭，已造成县城两次向南迁移。而到了1982年的时候，施虐的风沙再次逼近县城。当时风沙已吞噬了2万多亩良田，迫使400多户农民离开家园迁移他处。策勒县城岌岌可危，随时面临第三次搬迁。

在一部描写策勒风沙的专题片里，策勒县农民买买提·吐逊指着已被风沙掩埋、只露出屋顶的老房子说："我原来的房子有2米多高，现在变成了这个样子……"而他过去那干净整洁的院落，以及从残存的墙壁可以看出的羊圈、牛圈里面已经全部堆满了黄沙……看到了这样的画面，我们可以深深地感受到，当初他们被迫离开家园时的无奈心情……

是沙进人退，向风沙屈服；还是坚守阵地，向风沙宣战？策勒县已面临生死抉择。

此时，在中国科学院吐鲁番治沙站（研究站）里，有一个人正在他的沙漠植物园里精心培育着他的各种红柳苗，他就是享誉国内外的著名治沙专家刘铭庭。他不知道那1000多公里外的策勒县在等待着他，那浩瀚无垠的塔克拉玛干在呼唤着他。

吐鲁番同样是遭受风沙灾害严重的地区，这里是有名的"百里风区"受灾区，在过去年复一年的岁月里，风沙给吐鲁番人民带来了无尽的痛苦和灾难。刘铭庭是治沙站的负责人，他带领治沙站的科研人员，和吐鲁番人民一起组成了治沙大军，开始了对风沙长期的科学治理。

所谓治沙，主要是在风口来袭的方向栽种大量的固沙植物和树种，这是最传统、最有效的办法，也是防沙治沙的长远之计。其中最关键的就是怎么保证栽种的树种都能成活并正常生长，这就必须掌握科学的栽种和管理方法。

刘铭庭教授说，吐鲁番是一个严重缺水的干旱地区，地下水深。过去他们栽种红柳的时候，树坑的深度仅有20—30厘米，树苗的根部不但不能保水，而且很快就被地表土层的盐碱包裹了，这样年年栽年年死，他们也就渐渐失去了信心。科研人员对土层含水量进行反复测试后发现，红柳栽种深度必须要在50厘米以下，只有这样深栽才能保证红柳的根部保水避盐。经过几年的精心管理，等它们的根部够着地下水就可以自然生长了。

吐鲁番人民掌握了这种深栽的方法，并看到高成活率的效果后，他们的沙治热情被大大激发，这让刘铭庭他们治沙站精心培育的几十万株各种红柳苗派上了大用场。仅仅几年工夫，吐鲁番的防风固沙网络迅速形成，并取得良好的效果。为此，西安电影制片厂还专门拍摄了一部《吐鲁番怎样防风治沙》的科教专题片，以宣传他们的治沙经验和取得的显著效果。从1969年到1982年，在刘铭庭担任吐鲁番治沙站负责人的十几年间，自治区主要领导几乎每年都要到吐鲁番治沙站看望他们，对他们所取得的成绩给予了充分的肯定。

1982年，时任自治区主席司马义·艾买提来到了吐鲁番治沙站。司马义·艾买提的出生地是策勒县策勒乡，他的家乡已被风沙掩埋，村子里的人也被迫四处逃离。风沙掩埋了村庄、田野，又开始向策勒县城逼近，策勒县城危在旦夕。

司马义·艾买提让刘铭庭在吐鲁番治沙站抽调得力人员，在策勒县组建新的治沙站，并要求刘铭庭他们在三年之内必须治住流沙，保住策勒县城。刘铭庭就是在这样的情况下临危受命，来到新成立的策勒县治沙站的。

在新疆先后成立的几个治沙站里，刘铭庭在每个治沙站都工作过。1960年莎车治沙站（研究站）成立时，他第一个要求到莎车站工作；1961年莫索湾治沙站成立的时候，又调他到莫索湾站担任业务负责人；1969年吐鲁番治沙站需要的时候，他又来到了吐鲁番站担任负责人；1982年，策勒需要成立治沙站，又要他去策勒建立新的治沙站。在此后的三年间，他仍然担任着吐鲁番站负责人，在吐鲁番、策勒两地奔波，1986年才固定在策勒站，直到他1993年退休。可以说他的一生始终都工作在全疆的各个治沙站，战斗在治沙的最前沿。

正是因为他长期在治沙一线工作的经历和丰富的治沙经验，以及他成功治理了吐鲁番风沙灾害的显著业绩，这项事关策勒人民生存安全的任务才交给了他。

去策勒县治沙站前，刘铭庭来到了他1974年初到吐鲁番治沙站时，带领吐鲁番人民在距离治沙站仅2公里的地方栽种的一条红柳防风林前。这是一条迎着大风口栽种的红柳防风固沙林，到现在红柳还是生机勃勃、枝繁叶茂。在它们面前，已经是大片匍匐在地的流沙。在它的后面是几千亩的沙拐枣防沙林，就是它们，让那曾经无数次肆无忌惮的风沙在它们的面前停下。正是因为有了这条防风林，才使得这里的农民和土地多年来安然无恙。

2018年，已经85岁的刘铭庭教授又一次来到这条防风林前，40多年过去了，这条红柳防风林像一排挺立的卫士一样，依然巍然屹立。为什么这样来形容？因为林带的原地已经变成了具有8米之高的沙丘，远远看去，像是一条屹立不倒的长城。然而在沙丘的上面，仍然是生机勃勃的红柳。这就是说，风沙在千方百计地想把红柳埋掉，而红柳呢，你埋我多少我长多少，我永远都在你上面，你永远都在我的脚下。看着这样的景象，刘铭庭感慨万千。这就是他当年为吐鲁番人民安放的永久卫士，它们忠于职守，历尽艰辛无怨无悔，始终在保卫着吐鲁番人民的安宁。看着这条绿色长城，刘铭庭笑了，他的内心感到由衷的欣慰。

刘铭庭到达策勒的时间是1982年3月。南疆春早，当北疆还是冰雪初消、春寒料峭的时候，这里已是草长莺飞、春暖花开。柳树、榆树已呈现绿色，桃花、杏花有的已经吐露芬芳，有的正含苞欲放。

刘铭庭带领策勒治沙站的科研人员和策勒县人民，很快组织了一个治沙大军，他们要和风沙进行生死决战。治沙站负责勘探、测量，制订具体治沙方案，策勒县人民政府负责具体实施，投入人力、物力。

刘铭庭根据他在吐鲁番多年的治沙经验，在策勒的风口方向种植了大量的红柳、胡杨、梭梭、沙拐枣等，恢复绿洲外围植被，保护骆驼刺、花花柴、苦豆子等多年生草本植物，在县城和农田周围栽种防护林、经济林等，组成了宽窄不等的五道防线。仅仅三年时间，策勒外围已恢复植被就达15万亩，这些人工种植的天然屏障有效地抵御了风沙的袭击。

与此同时，刘铭庭根据自己几十年研究红柳的经验判断，在沙漠腹地的广大土地上，到处都有四处飘飞散落的红柳种子。这些红柳种子只因见不到水分，才没有生根发芽。于是他做出了一个大胆的治理方案，那就是把夏季多余的洪水引进那些沙漠低洼区域，筑坝进行拦截，将洪水灌满，当水干之后，那里的红柳种子必定生根发芽，形成几百几千亩的红柳林，同时那里的各种固沙植物也必定蓬勃而生。

他这种利用洪水进行荒漠化治理的办法获得了巨大成功，但凡洪水浇灌之后，那片区域立即就变成了红柳林。可以说，只有像刘铭庭这样对红柳的生长规律、生存条件及其和沙漠的关系十分了解的人，才能想出这样的绝妙之计。刘铭庭和他的治沙大军在策勒治沙15万亩，流沙前锋后退了20公里，当时在全疆引起了轰动。此后，整个和田地区都采用这个办法，仅仅几年间，和田和塔里木盆地各县的洪水灌溉治理沙漠面积就增加了500万亩。这种办法很快又在甘肃的瓜州及敦煌等地推广开来，并受到联合国环境规划署的高度赞扬和极力推崇。

1986年5月18日和田地区的那场罕见的10级沙尘暴，就是对他们工作成果的最好说明和验证。那场巨大的黑风暴整整刮了一天一夜，给整个和田地区造成了重大损失，棉花基本绝收，经济损失高达9000多万元，唯独策勒的损失最小，基本可以忽略不计。和田地区立即在策勒县召开了防风治沙现场会，号召全地区各县学习他们的治沙经验。

那个时候已经不是三年前风沙逼近策勒县城的情景了，而是绵延不绝的一道道绿色屏障，流沙前峰离县城20公里。那些流动的飞沙从此在这里安家，那些四处飘飞的红柳种子也在这里生根发芽，它们的心灵呼唤终于实现。从此，它们将与人类和谐相处、共荣共存，人类保护它们，它们造福人类。

二、刘铭庭的“红柳人生”

塔克拉玛干沙漠——世界第二大流动沙漠，人们称它为“死亡之海”，它可以吞噬一切。在过去的几千年里，它毁灭了无数个人类文明和家园，吞没了无数个王国和城堡。而能与之抗衡的，在任何恶劣条件下都能创造生命奇迹的唯有红柳。但人们的过度砍伐和破坏，导致风沙更加肆无忌惮，开始了它向现代人类文明挑战的步伐。

刘铭庭1933年出生于山西省万荣县，就读于陕西省西安市省立一中，大学毕业于兰州大学生物系植物专业。按理说无论怎样他都和新疆，和塔克拉玛干扯不上关系，而事实上，他却在这片西部大地上奋斗了一生。这一切都缘于大学期间，他参加的一次到新疆的实习。

那是1956年，兰州大学生物系老师张鹏云带他们到新疆进行了为期一个月的生产实习。当时实习的地点是新疆尉犁县孔雀河沿岸的阿克苏甫村，主要考察那里的植物、气候、土壤状况。那里属于塔里木河下游，生长的红柳特别多，都分布在孔雀河和塔里木河两岸。在课堂上，张鹏云老师给大家讲过很多红柳知识，刘铭庭对红柳并不陌生。当时正是红柳开花的季节，在那极其荒凉的戈壁上，看着那一片片火红火红的红柳，他一下子就喜欢上了这些既坚硬又有柔性的植物，也由此对新疆有了感情，对红柳、对沙漠产生了浓厚的兴趣。他觉得他的未来、他的事业，就应该像这些红柳一样，在这浩瀚的塔克拉玛干沙漠里盛开。他当时采集了许多红柳植物标本，一直珍藏在身边。

刘铭庭性情温和，性格开朗豁达，但在这看着很随性的外表下，却潜藏着一颗无比坚毅和强大的内心。他先天身体素质极好，在学校的历届运动会上，他的跳远和撑竿跳高始终都是第一名，一直保持着校运动会的最高纪录。许多老师和同学都建议他往体育方面发展，但他只是不置可否地笑笑。

刘铭庭有着远大理想和抱负，他的志向在浩渺的天地之间，他的诗和远方在苍茫的大漠戈壁。他认为，要想成就一番事业，就要响应党的号召，到最艰苦的地方去，到祖国最需要的地方去。新疆需要开发，那里更需要人才，只有在那里，才能更好地发挥人才的作用。他觉得，他强健而充满力量的身体，都是为了那一天准备的。

1957年八九月是毕业分配时间，为了能投身沙漠，实现愿望，他提前给高教部部长杨秀峰写了一封信。信是这样写的："敬爱的杨部长，我以激动的心情向您写这封信。我是兰州大学生物系应届毕业生，在毕业前夕，我坚决要求组织把我分配到祖国最艰苦、最需要的地方去，把我分配到祖国的边疆去，我要把自己的青春献给社会主义最壮丽的事业……"杨部长很快就回信了，对他的精神给予了高度赞扬，并表示他们将给兰州大学分配委员会沟通，希望在分配的时候能照顾他的志愿，同时又把信转给了兰州大学党委。兰州大学把刘铭庭的信刊登在校刊上。这封信当时引起了很大的反响，直到现在还珍藏在兰州大学的档案馆里。就这样，刘铭庭如愿以偿地来到了新疆，成了百万支边大军中的一员。

刘铭庭被分配到中国科学院新疆分院生态地理研究所工作。1959年，他加入了中国科学院组织的塔克拉玛干沙漠综合考察队，在为期一个月的时间里，他们围着塔克拉玛干沙漠转了一圈。在这次考察中，刘铭庭发现新疆的红柳特别多，固沙效果特别好。当时我国没有人从事红柳研究，于是他就选择了这个课题，主攻红柳。也就是从那个时候开始，沙漠成了他的天堂，红柳成了他的生命，他就像红柳一样，把根深深地扎在新疆大地，开始了他对红柳60余载的研究，造就了他利用红柳固沙、征战沙海一生的传奇故事。

红柳就是柽柳，柽柳是它的学名、大名，是学术界的专业名称，而红柳是它的小名，看到它的茎、秆、枝条都是红色的，老百姓就叫它红柳，这是一种最普遍、最通俗的叫法。

1960年，中国科学院在南疆成立了莎车治沙站（研究站），刘铭庭自告奋勇来到这里工作，这成了他一生治沙事业的起点。他的工作要常年生活在沙漠里面，生活极其单调枯燥，尤其是夏天，沙漠里天气酷热，工作的艰苦程度是难以想象的。因此，真正想治沙的人极少，刘铭庭就是那极少数人中的一个。刘铭庭是自愿到新疆来的，到新疆就是来吃苦的，就是来改变这里环境的。而且他选择的红柳研究和沙漠治理，这些都离不开沙漠，怕艰苦、怕寂寞，还怎么从事红柳研究？怎么治理沙漠？怎么出成果？

沙漠里的苦是一般人难以想象的，也是难以承受的。酷热、干渴、饥饿、迷失方向是他们每天都要面对的，因此每次进沙漠，指南针、水、干粮等都是必备的。但比这更艰难、更危险的情况还有很多，比如在野外露天宿营的时候，如果在草木旺盛的润泽之地，硕大而密集的蚊子会让你无处藏身，即便你以最快的速度出去方便一下，屁股上也会留下无数个肿包，让你奇痒无比很多天。饥饿而贪婪的草蜱子更是无孔不入，尽管将帐篷收拾得不留任何缝隙，但早晨起来你会发现，它们还是钻进了你腿上、胳膊上的肉里。你不能硬拔，硬拔就拔断了，它的头将永久地留在你的肉里。面对这样的情况，刘铭庭他们是有经验的，用烟头烫它们的屁股，它们自己就退出来了。这东西毒性特别大，被草蜱子钻过的地方很长时间都是又痛又痒的。最怕的就是遇到沙尘暴天气，那猛烈的风暴瞬间将万物置于它的淫威之下，似乎要毁灭、吞噬一切，那种不见天日的天昏地暗，开始像末日来临，尔后像人间地狱。但对于长期生活在沙漠里的刘铭庭来说，这些困难和危险在他眼里已经不算什么了。因为心中有了目标，有了梦想，再苦也都不觉得苦了，反而以苦为荣、以苦为乐。

红柳的适应能力极强，在各种恶劣环境下都能够生存。号称“千年不死、千年不倒”的胡杨可以说是沙漠中比较耐碱耐旱的树种，可是比起红柳，它又显得逊色多了。我曾在一部专题片中看到这样的景象：在一片干涸多年的洼地上，胡杨经受不住长久的干旱和盐碱已全部枯死，而旁边的红柳却依然生机盎然，可见它顽强的生命力。红柳还有一个特点是不怕沙埋。在沙漠里，我们经常看到一座座几十米高的沙包上面，一片片红柳郁郁葱葱。也就是说，在红柳很小的时候它就把风沙挡在了脚下，于是沙长它也长，小沙堆变成了大沙包，但红柳始终长在它上面，于是就形成了这样的奇观。红柳也不怕水淹，即使在水里浸泡6个多月，它也依然生机勃勃。可以这样说，红柳是不怕盐、不怕旱，沙埋不住、水淹不死的树种，似乎这世界上就没有它怕的东西，没有比它更顽强、更经得起各种严酷考验的树种。

刘铭庭为了搞清红柳和所有固沙植物的种类、习性、作用、繁殖方式等，摸清沙漠的变化、成因、流动以及和各种固沙植物的关系，在不同的季节、不同的时间，他一次次进入到沙漠深处，对红柳和各种固沙植物反复考察和研究。他每一项工作都做得极其扎实。他勤勉、务实，把各种植物的分布地域，它们的开花期、结果期，生长规律，是有性繁殖还是无性繁殖等，都记录下来，每年都要记满几大本子。他把采集到的花、果、叶、茎、根等各种标本以及种子都分门别类地放好，标记好。就这样，他用顽强的意志和不怕吃苦的精神，用他一辈子的时间，围着塔克拉玛干整整转了7圈。

他所有的苦都没有白吃，所有的功夫也没有白费。他所取得的成绩是骄人的，做出的贡献是显著的。他研究、发现并命名了5种柽柳新种。

第一种就是他1959年第一次到塔里木盆地东部考察的时候发现的。进到沙漠里面后，他远远地就发现，在一处流沙上长着的一丛柽柳跟他见过的不一样。他跑到跟前一看，果然没见过，它长得直直的，没有叶子。当时他虽不能肯定是不是新种，但他已经意识到，这种柽柳对将来防风治沙肯定有很大作用，因为它是一种特殊的柽柳，不长叶子，是抱茎的，就是说它的叶子都抱到枝干上了，凡属抱茎叶植物都是特别适应沙漠环境的种类。1978年，他将他的发现在《植物分类学报》上发表了。他是第一个发现者，具有命名权，因为他是在塔克拉玛干沙漠发现的，而且这种抱茎柽柳只分布在塔克拉玛干沙漠中的各处流沙上，最后发表时定名为“塔克拉玛干柽柳”。

至于第二个柽柳新种“莎车柽柳”，是刘铭庭1960年刚到莎车治沙站的那一年，在莎车站以北的沙地上发现的。不仅如此，在跟随中国科学院治沙队朱震达队长，对克里雅河进行的为期一个月的综合考察中，刘铭庭发现这条河的两岸普遍存在着他先前发现的“塔克拉玛干柽柳”，从而印证了塔克拉玛干流动沙丘上普遍分布着“塔克拉玛干柽柳”的判断。

刘铭庭发现的第三个新品种是一种开白花的柽柳。一般柽柳都是开红色或粉红色的花，完全白色的很少见。1983年4月下旬，在孔雀河下游一个山谷里面考察的时候，刘铭庭远远看见一棵开着白花的柽柳，他走近一看确实没有见过。他当时就把标本采下来，冬天又去把它的枝条拿回来，在吐鲁番插条繁殖。后来它成活了，开花了，还是纯白色的。刘铭庭确定它是一个新种后，就把它命名为“白花柽柳”。还有就是他和张鹏云共同发现和命名的“塔里木柽柳”和甘肃“金塔柽柳”，共计5个固沙柽柳新种。

1995年，兰州大学出版社出版了刘铭庭的柽柳专著《柽柳属植物综合研究及大面积推广应用》，当时全国还没有一部专门研究柽柳的专著，这是第一部。2014年，新疆科学技术出版社又出版了他的《中国柽柳属植物综合研究图文集》，该书以图为主，附有他几十年来研究和收藏的690张柽柳彩色图片。这两部书的出版，展示了我国在柽柳研究方面的最新成果，不仅填补了我国这一研究领域的空白，而且代表我国在柽柳研究方面走在了世界前列。

刘铭庭对柽柳的研究不仅仅是停留在上述的学术研究成果上面，他的最终目的还是要把它们用于防沙治沙的实践上面，在防治荒漠化方面发挥重要作用。

刘铭庭是一个对治沙有着天然热情并痴迷终身的人，他说他一生只干一件事，那就是治沙。沙漠就是他的家，就是他的天堂。1969—1986年的17年间，他一直在吐鲁番治沙站工作。在他担任吐鲁番治沙站负责人的17年间，他重点研究柽柳这一属植物，但对其他的固沙植物也在研究。他在这17年里研究了200多种固沙植物，掌握了它们的习性、繁殖方式、生态环境等。他还在吐鲁番专门搞了一个防风固沙植物园，那里面有他和他的同事引种和培育的130多种防风固沙植物，仅红柳就有15种之多，而且这些红柳都是他亲自采集和搜集的种子和树苗。那130多种种子、树苗都要在不同的沙漠、不同的地域、不同的时间搜集采摘，可想而知，那要经历多么曲折的历程，付出怎样的艰辛和心血啊！1984年，中国科学院院士、兰州大学教授郑国锠来新疆的时候也去过他的植物园，他还特意在刘铭庭引种的塔克拉玛干柽柳前留过影。刘铭庭当年精心培育的防风固沙植物园，后经吐鲁番扩建和改造，现在已成为吐鲁番有名的沙漠植物园，成为吐鲁番对外的一个旅游景点。

研究成果要用于大面积固沙造林，而大面积造林就需要大量的红柳苗。在吐鲁番和策勒治沙站的20多年里，两地的红柳造林面积高达几十万亩，用的都是刘铭庭和他的同事培育的各种红柳苗。为了提高育苗产量，他在试验田里潜心研究，反复试验，终于将红柳种子育苗从当时全国最高每亩5万株提高到了50万株，扦插育苗亩产从7000—8000株提高到了12万株，每亩产苗量都提高了10倍以上。刘铭庭对红柳的研究细致入微，为了掌握红柳种子的出苗率，他曾专门计算过各种红柳种子的重量和粒数。他说，一粒红柳种子只有针尖那么大，多枝红柳的种子一斤有3500万粒，而他发现的塔克拉玛干柽柳种子要大得多，一斤只有200万粒，种子大了不但好种，而且出苗率高，长得也快。

他精心培育成功的塔克拉玛干柽柳苗，由于具有在流沙中生存的特殊习性，在后来的防风固沙中发挥了特殊作用，为两地的防风治沙做出了巨大贡献。

在策勒的防风固沙治理中，刘铭庭利用夏季洪水灌溉，大面积培育红柳恢复生态的奇迹，是人间少有的杰作。可以说，这都是他几十年深入研究红柳习性和沙漠植物的结果。因为他在无数次沙漠调研中发现，许多红柳都长在沙漠的低洼处，那是因为夏季沙漠里偶尔的降雨形成了低洼处小面积的积水，而红柳的种子都带着冠毛，它可以飞得到处都有，由于机缘巧合，这些红柳种子就通过这片积水发芽了，于是就有了他发现的这些红柳。后来刘铭庭又通过多次验证，最终证实了他的猜想。于是他就想到，如果把洪水引到一片低洼空地，再打一个拦截坝，等洪水下去之后，这一片几百亩、几千亩红柳不就起来了吗？在治理策勒风沙时他就实施了这个治沙方案，并大获成功。

刘铭庭创造的这种世界罕见的荒漠化综合治理模式得到了联合国环境规划署专家们的高度评价。1995年，联合国在全世界各个国家征集治沙先进经验，并首次设立全球土地退化和荒漠化控制成功业绩奖。全世界所有的国家一共报了80项，其中我国报送了7项。联合国最终评选8项，我国有2项获奖，而这2项全是刘铭庭所报的项目。全世界一共仅有8项成果奖，而他一人就独揽2项。1997年，联合国又给刘铭庭个人颁发了荒漠化治理最佳成果奖。刘铭庭先后获得联合国3项大奖，可以说，在防治荒漠化领域，他成为全世界获得联合国荒漠化治理奖项最多的科学家。

有趣的是，刘铭庭不仅获得联合国2项大奖，同时还获得“刘红柳”这样一个绰号。事情大致是这样的：联合国考察团团长是一位澳大利亚专家，在刘铭庭带领考察团参观几千亩红柳种植基地的路上，刘铭庭就一直不停地给他灌输红柳的知识、红柳的好处。看到他对红柳如此痴迷，考察团团长就笑着把刘铭庭直接叫作“刘红柳”。从此，“刘红柳”这个外号就在考察团和联合国环境规划署叫响了，甚至许多沙漠国家的学者都知道中国有个治沙专家叫“刘红柳”。

随后，对于刘铭庭他们这种利用洪水在流沙地、盐碱化地大面积繁殖红柳灌木林的成功经验，联合国荒漠化治理中心卡迪主任特意来信肯定：“你们成功的经验将与全球人民共享……”可以说，在对红柳的发现和研究成果上，在对世界性荒漠化治理上，刘铭庭是独一无二的，他为解决荒漠化问题这一世界性难题做出了卓越贡献。

虽然刘铭庭以顽强的意志和拼搏精神在专业研究上取得了令人瞩目的成就，做出了重大贡献，获得了崇高的荣誉，但有一件事一直让他感到遗憾，那就是他的入党问题。

1957年9月，刚分配到中国科学院新疆分院不到2个月的刘铭庭，看到自治区团委号召全市青年参加义务修渠的倡导书后，第一个报名加入了修建青年渠的劳动中。本来是每批每人只干1个月，他却连续干了5个月，直到青年渠全部修建完成，开闸放水。刘铭庭当时是中队长，带领100多个人，大队长兼党支部书记对他说，中队长是脱产的，不用劳动，只要把大家带好就行。可刘铭庭却说：“你给我脱产的权利，但是我不脱产，脱产了以后就慢慢脱离群众了，我必须给他们做出样子来。”在繁重的修渠劳动中，他的能干是出了名的，每一期他都是劳动模范，渠上的每一项劳动纪录都是他创造的。比如规定每人每天铺卵石渠道3平方米，他一天竟铺了60多平方米，超过规定任务的20多倍，成了赫赫有名的“修渠大王”。大队长观察了他好长时间，一天晚上找他说：“我看你各方面表现都不错。如果你愿意的话，明天早晨大队开会，我就宣布你各方面表现突出，批准你火线入党。”刘铭庭当时犹豫了半天后才对大队长说：“你让我考虑一晚上再说。”

其实他当时之所以那么拼命地干活，并不是为了入党。他就是要在劳动中锻炼自己的筋骨，磨炼自己的意志，为将来到沙漠里工作做好充分准备。他想，只有在这种极其繁重的高强度劳动中出过大力、流过大汗，他将来才有能力去应对沙漠中更加残酷的环境，将来无论遇到什么样的困难，他都有能力、有信心去战胜。至于入党，他觉得是一件很严肃、很神圣的事情，这一直都是他的梦想。但是如果就这样入党的话，他觉得也有点太快、太突然了。他觉得自己还没有经过党的考验，不知道够不够一个真正共产党员的标准，他甚至还想别人会不会说他这么拼命地干活就是为了入党。他坚信凭着他的实干精神，凭着他对党的绝对忠诚，入党是早晚的事。于是他决定稍微缓一缓。

第二天早晨，当他把这个决定告诉大队长的时候，大队长很是惋惜。但也许正是因为他的这种严谨、认真、执着的自律精神，才让他人生的事业如此成功。

修渠任务完成回到单位以后，刘铭庭正式申请入党。1960年党支部讨论他的入党申请的时候，单位要他回去，但是因当时他在莎车治沙站做课题离不开，错过了那次机会。这以后，他一直埋头搞实验，科研成果不断。

虽然未能入党，但他始终都用一个共产党员的标准严格要求自己。他一心扑在工作上，把全部精力都用在了科学研究和沙漠治理上，他用他的实际行动和丰硕的科研成果证明了他是一个真正的、合格的共产党员，向党和人民交出了一份满意的答卷。

1999年，在自治区党委组织部的关心下，刘铭庭光荣地加入了中国共产党，成为一名中国共产党党员。这给了他最大的安慰，虽然来得晚一些，但他已经很知足了。

三、刻在生命里的青春和爱情

人生分为青年、中年、老年三个阶段，但对于刘铭庭来说，他的人生词典里只有青年。那颗强烈的、时刻燃烧着的事业心，让他的心永远年轻，永远充满激情；那颗永远奋斗、永远拼搏的心，让他从不知疲倦，从不知停息。

他说他的一生只做一件事，那就是治沙。如果非要把他的人生分为两个阶段的话，那就是：在退休之前的几十年里一直在研究和利用红柳治沙，在退休之后的几十年里更多的是在研究和发展大芸治沙。要发展大芸首先就要种植红柳。因此，无论是发展红柳还是大芸，终其目的还是为了治沙。当然，在发展大芸中又多了一层更具实际的意义，那就是帮助当地农民脱贫致富。

1995年，受于田县各族人民的邀请，已经62岁的刘铭庭，带上家里所有的十几万元积蓄，再次披挂上阵，由此开始了他人生第二次对事业的追求与奋斗，更是一次对实现多年梦想的实践和挑战。

开始刘铭庭是一个人来的，后来，已经退休在家的妻子储惠芳知道了他那艰苦无比的生活条件后，放弃了舒适的都市生活，陪他来到了于田的沙漠里。

刘铭庭这次来于田是帮助当地农民发展大芸，让他们脱贫致富。让人工种植大芸技术发扬光大并产生效益是他多年的梦想和愿望。面对于田人民的诚挚邀请，刘铭庭的奋斗激情又一次被激发，于是他不顾一切地来到了这里。

大芸就是肉苁蓉。肉苁蓉是学名，大芸是老百姓的通俗叫法。其实早在1959年刘铭庭第一次参加中国科学院科考队考察的时候，就在沙漠里见过大芸，后来他在围着塔克拉玛干转了几十年的考察中，寄生在红柳根部的大芸更是屡见不鲜。他知道大芸是名贵药材，价值不菲，一直被医学界誉为“沙漠人参”。但因野生大芸太少，加上掠夺性的过度采挖，野生大芸已日渐稀少，再加上国家对这种破坏生态环境的野蛮采挖方式明令禁止，野生大芸更成了稀缺之物。因此，这更加深了他尝试人工种植大芸的愿望和想法。1985年在策勒治沙站工作的时候，他便开始了对大芸人工种植的研究和试验。虽然很多人都尝试过人工种植大芸，但没有人成功，刘铭庭心里也没有十足的把握。结果很让人意外，刘铭庭的研究进展极其顺利，这完全得益于他多年对野生大芸生长条件、规律的认真研究，和对其生长环境、生长期的仔细观察。1986年，仅一年时间，刘铭庭的人工大芸种植技术便获得成功。这是人类第一次把这种名贵药材人工种植成功，是我们国家的知识产权。当时许多报纸对他的研究进行了报道，可是在一阵喧嚣之后又归于平静，他的这项极其珍贵的科研成果并没有得到人们重视，更没有机会发挥它应有的作用。直到1995年，在如何带领农民脱贫致富奔小康成为各级人民政府工作主题的新形势下，人们才想起了曾经成功种植大芸的刘铭庭。

于田县在靠近沙漠的村庄选了50亩沙地，作为试验田交给刘铭庭试种大芸，刘铭庭和老伴储惠芳便在这片沙漠里扎下了根，正式开始了他们的大芸种植。

是不是真的能种植成功，谁的心里都没有底，就连刘铭庭自己也没有十足的把握。因为之前的成功仅是小面积试种，而现在是大面积种植，一个微小的因素就会导致失败。

刘铭庭从一名科学家变成了一个地地道道的农民。

由于于田县属于国家级贫困县，经济非常困难，在大芸还没有种植成功的情况下，他不愿意给于田县委找半点麻烦。于是他就用自己的存款，花了5万元盖了几间简易房子，他和老伴储惠芳就在沙漠里住了下来，过着一般人无法想象的原始生活。

那里没有水、没有电、没有路，离村里最近的一户人家也有2公里。晚上照明用的是20世纪六七十年代用的煤油灯。这还不算什么，最难的是吃水，附近没有水源，必须要到2公里以外的村里涝坝拉水吃。于是刘铭庭买了辆毛驴车，买了个装水的桶，天天赶着毛驴车到村里的涝坝去拉水。那里没有路，全是沙子，毛驴车在沙子上根本走不动，这样每次拉水都得两个人，刘铭庭赶着毛驴在前面拉，储惠芳在后面推，每拉一次水两个人都累得筋疲力尽，好半天都缓不过来。

因为没有交通工具，他们外出极其不便。那里离县城有20多公里，既没公交车也没班车，他又要经常到县里办事。于是刘铭庭就买了一辆电动三轮车，既能当交通工具，又能随时带些生活必需品。一个为国家奋斗了一生的科学家，一个一心为民造福的专家，在他退休之后学起了开三轮车。直到十几年后的2014年，已经81岁的刘铭庭还在骑电动车，结果在一次出行中发生翻车事故，他摔断了7根肋骨。幸好是摔到沙漠里面，要是翻到硬路上他可能就性命难保了，但还是造成他此后的行动不便……在他家平房的两层台阶的右边，拴着一根铁链子扶手，每次上下进出，刘铭庭都要依靠这根铁链子才能勉强挪动。就是这样的身体，就是这样80多岁的高龄，还在过着这样的生活，还在坚守着。

最艰苦的还不是这些，而是那些艰难无比的日常生活。那里没有菜市场，没有肉铺，菜要到县城或附近很久才能遇到的巴扎上买。没有冰箱，买一次菜仅够吃几天的，剩下的日子只能吃些野菜或根本无菜可吃。至于副食品更是没有，那里的羊肉特别贵，他们舍不得吃，因为他们把钱都用到种植大芸上面了，在开始的一年多时间里，他们几乎没吃过肉。

生活环境差也罢，不吃肉、不吃菜也罢，关键他们还干着超常的重体力活。首先要对50亩地进行平田整地，然后要在地里栽种红柳，红柳成活以后要浇水，要除草，要管理，然后要在一棵棵红柳的根部种植大芸，每一项都要进行精细化管理，都要付出超常的体力。农民们都说，只要是和土地打交道的，就没有一样是好干的活儿，何况他们先前并不是真正的农民。为了早日种出大芸，为了节约有限的资金，他们不敢雇人，每项工作都亲力亲为。每天繁重的体力劳动，每天艰难无比的生活状态，这样的农民，有几个人愿意干？

最难过的是储惠芳，在那偏远的沙漠里，害怕和寂寞双重的痛苦折磨着她。刘铭庭经常外出办事，独自在家的她整天都见不到一个人，偶尔看到放羊的小孩都备感亲切。为此，他们专门养了条狗，一是给她做个伴，二是给她壮个胆。

在两年多的时间里，储惠芳体重整整下降了10公斤，刘铭庭更惨，体重下降了12公斤。他们变得又黑又瘦，瘦得都脱了相。刘铭庭和老伴相互看着的时候，心里都很难过，都很心疼对方，但他们都没有说出来，还都说看着更精神了。因为他们都理解对方，都渴望成功，这是支撑他们唯一的精神支柱。他们都在尽可能地给对方多一些安慰，多一些信心，多一些支撑下去的力量……

1998年2月7日，这一天是储惠芳60岁的生日，刚好那几天刘铭庭外出办事，就留下储惠芳一个人在家。已经快三年没见过父母的儿女们十分想念他们，相约这一天来给母亲过60岁生日，同时也顺便欣赏一下乡村的田园风光。可当他们蹚着沙土，艰难地走近沙漠里孤零零的几间小屋时，原本欢快的笑脸立即僵住了，甚至连话都说不出来了。走进那黑黢黢、屋顶用草帘子搭盖的小屋，看着那盏跟古董一样的煤油灯、那些极其简陋的锅灶，他们的心情十分沉重。他们想洗把脸，当看到从水缸里面舀出来的涝坝水漂浮的杂物和游动的虫子的时候，吓得把水瓢都扔在了地上……看着这一切，原本想欢欢喜喜给母亲过生日的儿女们都有些不知所措，他们带来的蛋糕、鲜花、红酒都没有地方摆放，也没办法享用。看到父母的生活如此艰辛、母亲如此消瘦，儿女们的眼泪在眼眶里打转。他们勉强地和母亲说着话，但说着说着还是有人忍不住哭了起来。一旦有人带头，眼泪都奔涌而出，全都围着母亲痛哭起来。一场本该欢声笑语的生日宴会，变成了一场伤心欲绝的痛哭。

一场痛哭过后，发泄完内心的悲伤，他们一个个擦干了眼泪，带着凝重的表情拉起母亲的手，坚决地要带母亲回乌鲁木齐。母亲却坚定地说："我不能回去，你们的父亲在哪里我就在哪里，我不能把他一个人留在这里。"她知道，她现在是刘铭庭唯一的精神支柱，而且这样的生活条件，她又怎么能放心把他一个人留在这里，他们可是一辈子生死相依的伴侣啊！无论生死他们都要在一起，无论多么艰难困苦，她都要和他共同承受、共同面对。

儿女们也理解母亲，只是在感情上有些过不去。是的，如果把父亲一个人留在这里，岂不是置父亲于更加危险的境地？如果有母亲在，起码生活上可以相互关照，精神上可以相互慰藉，他们怎么能分开呢?!

儿女们是笑着来、哭着走的，他们知道母亲将在这里继续受苦受累，虽然他们心里很难过，但是没有一点办法，只能带着无限的牵挂、不舍，一步一回头、一步一叮嘱地走了。已经走出很远了，母亲还站在那排低矮的小屋前看着他们，儿女们忍不住泪水又一次夺眶而出……

储惠芳的心里又何曾不难受呢？可是谁让她当初爱上了刘铭庭，选择了他。她虽是一个柔弱的江南女子，却有着无比坚强的内心。做过的事、走过的路她从不后悔，她为他做出的牺牲和付出又何止这一件呢？

刘铭庭始终工作在沙漠深处，整个新疆所有的沙漠他都走遍了，所有的治沙站他都待遍了，除了从这个沙漠到那个沙漠，从这个治沙站到那个治沙站，他再没有换过第二个工作。他的工作规律就是：每年的3月份出去，到当年的十一二月份回来，每年在家里的时间仅有三四个月。

储惠芳和刘铭庭一共生育了4个孩子，生孩子时刘铭庭没有一次在家，在储惠芳最需要他的时候，他都不在身边。1964年生大女儿的时候，是刘铭庭让他的母亲从山西老家来新疆照顾她的。1967年生二女儿之前知道没人照顾，储惠芳只好回扬州老家，让自己的母亲和妹妹照料。在她回到家的当天孩子就出生了，差一点把孩子生在路上。1970年生大儿子时，实在没办法了，刘铭庭只好让他已经70多岁的老母亲再次赶来照顾……

最危险的情况是生小儿子的时候，那是1973年的8月，他们再也想不出一点办法了，双方的老人都老了，也照顾不动了，储惠芳只能靠自己了。他们家当时住在飞机场，离自治区人民医院特别远，她既不敢提前去，又怕晚了来不及，因为她要依靠同事的车把她送到医院，这样的事情只能有一次，不能有第二次。她虽是学医的，基本能准确把握预产期，但即便如此还是差一点出事。那天同事把她往医院送的途中她就开始流血，差一点没来得及进产房。由于奶水不够，储惠芳每天都要骑着自行车顶风冒雪到8公里以外的农场去取牛奶。

储惠芳同样是一个事业心极强的人。她一直从事校医工作，工作中她积极主动、服务周到；她思想境界高，上进心极强，年年都被学校评为先进工作者，并于1979年加入了中国共产党。在那漫长的岁月里，她既要独自把4个孩子养大成人，又要让自己的工作完成得出色，她的付出可想而知。

但是，当她谈起这些往事的时候，没有半句的怨言，有的全是宽容和理解。她说，他也是为了工作，为了事业。她说，爱一个人，就要爱他的事业，就要全力地去支持他。

尽管他们的一生聚少离多，受尽磨难，但他们都从不计较，从不算账。他们一辈子没有红过脸，没吵过架，甚至不知道吵架是怎么回事，他们相互支持和理解。刘铭庭说他这一生谁都不欠，就是欠妻子的太多。

他们的大女儿叫刘渠华，这个名字不仅包含着他们美好的爱情故事，还代表着他们内心深处所共有的价值取向和对生命的理解。

和刘铭庭的经历几乎一样。1959年，储惠芳同样是响应“到边疆去，到祖国最需要的地方去”的号召来到新疆的。她当时在扬州上学，怀着支援边疆、建设边疆的崇高理想，在家人不同意的情况下，她偷着报名来到了新疆，被分配在新疆卫生系统工作。

1959年春，乌鲁木齐市和平渠改建工程开工，各单位都分配了修渠任务。文教系统直接点名把刘铭庭从科学院叫去，让他担任文教系统中队长，带领该系统所有修渠人员完成修渠任务。因为在修建青年渠的5个月劳动中，他的能干和修渠技术好是出了名的。在那次修渠中，他创造的各项劳动纪录至今没有人能够打破。

这期间，从扬州来到新疆的储惠芳，刚到卫生厅工作没几天，也被派往修渠工地，于是他们就在这修渠的工地上认识了。刘铭庭带有传奇色彩的英雄般的修渠故事，和他吃苦、能干的工作精神深深地吸引了她；而储惠芳清秀、美丽的容颜，典型江南女子的贤淑、典雅，以及她对医务工作的认真、负责和细心，更是让刘铭庭一见倾心。就这样，他们爱上了对方。在后来的交往中，他强烈的事业心和远大的志向，她的赞赏、鼓励和一般女子少有的宽广胸怀，让他们的心更加贴近。当乌鲁木齐市和平渠改建工程完成后，他们的爱情也成熟了。

他们于1962年结婚，第一个女儿出生的时候，他们取名刘渠华，寓意“渠上的爱情之花”。从此，无论遇到多少艰难困苦，多少煎熬和等待，多少牺牲和付出，他们都无怨无悔，相爱一生。

在储惠芳心里，前半生他们聚少离多，现在再也不分开了，刘铭庭走到哪里，她就跟到哪里。刘铭庭种大芸，她就跟到沙漠，再苦也陪着，心甘情愿。有朋友曾经说她：“你跟着他可是吃了一辈子苦啊！”但她说：“我跟他相爱的时候就知道不会有舒服日子，但我既然选择了他、认定了他，我就做好了吃苦的准备，就要一辈子全身心地支持他。”她还说：“男人就是要干一番事业，我就看上他这一点。如果我是男人，我也会这样。”她把为他吃的所有苦都看成了理所应当，这还有什么好说的呢？还有什么可抱怨的呢？

刘铭庭说：“我知道来这里就是吃苦的，不吃苦来这里干什么。我们都吃了一辈子的苦了，但我感到很满足，很有意义。人不吃苦、不奋斗，活着还有什么意思！”

对他们来说，吃苦就是享受，奋斗就是幸福。在他们的思想里，在他们的血液里，已形成了这种长久的固化形式，已成为他们不可改变的一种生活方式。如果你真的让他们去过那种舒适的生活，那可能会是他们最大的受罪。这就是他们对苦和幸福的不同理解，这就是他们的与众不同。

他们都是共产党员，当初都是怀着“支援边疆、建设边疆”的美好愿望来的，遇到再大的困难和委屈也不改初衷。生命不息，奋斗不止，如今他们都已是80多岁的高龄，仍然奋斗在塔克拉玛干的沙漠里。他们从来没有想过自己，从来没有想过享受，这才是对这两位老共产党员奋斗一生的最好诠释。

四、“人工肉苁蓉之父”刘铭庭

无论条件怎么艰苦、环境怎么恶劣，也无论吃多少苦、受多少罪，刘铭庭和储惠芳都毫不退缩，他们的决心和意志从来没有动摇过。

刘铭庭退休之后并没有回乌鲁木齐，还一直待在策勒治沙站。他热爱沙漠，离不开沙漠，沙漠就是他的家。1995年春天，当于田县向他发出邀请的时候，他欣然前往，在有关事项谈妥之后，他立即从策勒治沙站拉了2万多株优质红柳苗。那都是他精心培育的多花优良品种，在同等条件下，比其他品种长得更快更好。

1995年春天，刘铭庭和储惠芳在50亩沙地上栽上了红柳。到秋天的时候，红柳生长良好，长势旺盛。1996年春，他们就在红柳的根部接种了大芸。大芸最开始的生长期很长，从种进去到出土要2年时间，收获要到第三年。大芸种子在红柳根部结种后，在土里面要长整整12个月才能出土，但以后就无须再种，因为大芸种子会在红柳根部一代代、一批批连续繁殖，此后每年到时间直接收获就可以了。

在刘铭庭和储惠芳的精心管理下，1996年大芸就在红柳根部结上了，1997年春天终于出土了。看到一行行如春笋般冒出地面的大芸，刘铭庭和储惠芳心里比谁都高兴，他们的心血没有白费，他们的辛苦付出终于有了收获。

红柳大芸种植成功的喜讯，给了于田人民巨大鼓舞和希望。1998年3月，于田县领导班子在奥依托格拉克乡召开了现场会，县委书记带领三套班子来参观。县委、县人民政府高度重视，决定大力发展红柳大芸，于是在奥依托格拉克乡九大队、十大队10多公里的沙地里开始大面积种植，到2002年就形成了万亩种植基地。与此同时，和田地区又集中七县一市主管大芸种植的技术员、种植户等，请刘铭庭举办了多期大芸高产技术培训班。于田、和田、策勒、民丰等县又单独办班，刘铭庭有请必到。整个和田地区都开始种植红柳大芸，2006年种植红柳已达18万亩，其中14万亩种上了大芸。到2019年底，整个和田地区大芸种植面积已高达50余万亩，仅于田就有16万亩。由于刘铭庭的基地在于田，“近水楼台先得月”，于田农民到基地向他请教、实习最为方便，于田县的单产最高，总产占整个和田地区一半以上。

为了让刘铭庭更好、更长久地指导当地农民种好大芸，1998年，于田县给刘铭庭在奥依托格拉克乡一大队和二大队交界的地方划拨了500亩沙地，打了一口机井，架了高压线，又修好了路。为了给于田人民吃一颗定心丸，刘铭庭就在这里又盖了十几间房子，把这片地发展成了于田县红柳大芸示范基地。从此，刘铭庭和储惠芳就把这里当成了家，一年四季，包括冬天都在这里居住，这一住就是22年，而乌鲁木齐的房子一直空着。

这里成为全国第一座人工大芸种植基地，也是全世界第一座。全世界有很多沙漠国家，有很多研究沙漠植物的科学家，但第一个人工种出大芸的科学家只有刘铭庭。2003年，刘铭庭获得全国肉苁蓉人工种植第一个发明专利，紧接着，他又成功研发出了“大芸开沟撒播高产种植法”，把人工种植大芸技术推向了世界的最高峰。

他的大芸示范基地发挥了极其重要的引领和示范作用，农民们有不懂的都跑来问，跑来学习，刘铭庭手把手地教，直到教会为止。不算他在和田七县一市办的十几个培训班，仅他在大芸基地手把手教会的徒弟就有100多个。这些徒弟都成了大芸种植能手，他们又教会了更多的农民，就这样依靠“传帮带”的形式，于田县迅速成了大芸高产地区。

红柳大芸的快速发展，让很多农民都快速地走上了致富之路，红柳大芸种植成了农民致富的重要渠道。干大芸亩产最高可达200公斤（4公斤新鲜大芸可晾1公斤干大芸），一亩最高可收4000—8000元，是棉花效益的4倍。2014年，于田县全县鲜大芸产量高达1.5万吨，价值1.9亿元以上，使于田县各族人民摆脱贫困，走向了小康。仅仅三五年的时间，许多农民都买了小汽车，盖了新房子，家里也全部实现了电气化，过上了与城里人一样的幸福生活。刘铭庭看到他的红柳大芸真的造福了一方百姓，他几十年的愿望终于实现，心里感到无比高兴和欣慰。

于田县奥依托格拉克乡村民达吾提没种大芸之前，生活极其困难，家里仅有6亩地，只够吃饭。2004年他开始跟刘铭庭学种大芸，2006年600亩大芸开始收获，当年收入8万元，2007年以后每年有10万—20万元的收入，到2015年以后，每年都有20万—30万元的收入。这个刘铭庭曾经的徒弟也变成了师傅，仅经他手学会种大芸的农民就有60多人，带动了一大批农民富起来。不仅如此，达吾提现在种植的大芸已发展到2000亩，为了让更多的家庭脱贫，他雇用了11个贫困户在他的大芸农场里工作。达吾提的事迹还上了新疆电视台《好大一个家》栏目。为了表彰他为脱贫攻坚做出的贡献，乡里奖励了他一台带配套农具的拖拉机。

村民买土·哈森木原来是专门挖野生大芸的，一天能挖十几公斤。他有3个孩子，全靠挖野生大芸补贴家用。那时他就想，要是能人工种植大芸该多好啊！后来听说刘铭庭种了50亩大芸，买土·哈森木立即跑来看，一看是真的，他高兴得不得了，立即拜刘铭庭为师，请刘铭庭教他种大芸。他从挖野生大芸的变成了人工种植大芸的，成了刘铭庭的第一个徒弟。现在他每年的大芸收入都有20万—30万元，原来连一辆毛驴车都买不起，现在已经换了4辆小汽车了，还盖了一套几百平方米的花园式住宅。

一个从外县跑来学种大芸的汉族农民，2014年种了500亩大芸，2018年一年的收入就达138万元，成了第一个年入百万元的大户。像这样靠种大芸致富的例子，在于田县不胜枚举。

他不但帮助和田地区农民脱贫致富，就连内蒙古、甘肃等地在他的帮助下，大芸种植都发展起来了，那里的农民也靠种植大芸富起来了。

位于河西走廊的甘肃民勤县，是一个极其贫困的地方，那里也是沙漠地区，非常适合发展大芸种植。他们原来请内蒙古的人帮他们在200亩沙地上试种大芸，结果三年都没有种出来，于是他们几经周折打听到了刘铭庭，就通过郑国锠院士邀请刘铭庭来教他们种大芸。

2007年，中国科学院院士、兰州大学教授郑国锠知道情况后，就给甘肃省委书记写信说："我有个叫刘铭庭的学生会在沙漠里边种大芸，我们民勤的群众苦得很，非常适合发展人工大芸种植……"郑国锠是刘铭庭在兰州大学上学期间的生物系主任，后来他们始终保持联系，刘铭庭经常向他汇报自己的情况，因此他对刘铭庭的情况非常了解。通过郑国锠的牵线搭桥，刘铭庭欣然前往。甘肃省人民政府给了他37万元经费，他买了15公斤梭梭大芸种子后就去了民勤，当年种进去第二年就出来了。就这样，民勤大芸很快就发展起来了，很多群众也致富了，现在已发展到了5万多亩，刘铭庭又造福了一方百姓。

2010年，吐鲁番人民政府请刘铭庭去讲课，刘铭庭举办了一个高产技术培训班，这里的大芸种植很快也发展起来了，现在也有几万亩了。农民赛提·阿不力孜，2019年种了250亩梭梭大芸，卖了40多万元，还收了200公斤大芸种子，梭梭大芸种子在内蒙古每公斤要卖到1万多元，即便按新疆的价格也有几十万元的收入。

2001年9月，第六届沙漠工程技术国际会议在乌鲁木齐召开，刘铭庭以令人瞩目的成就三次受到联合国环境规划署的嘉奖。因此，会议有一个重要的议程，就是会议结束后到1000多公里外的于田县，实地参观刘铭庭的红柳大芸种植基地。84岁的中国科学院院士刘东升也一同来到了大芸基地，他参观后，感慨地说："刘铭庭把科研工作和治沙工作结合在一起，非常了不起。"

会议主席参观完大芸基地之后，握着刘铭庭的手说："我很高兴地看到了你长期以来的努力成果，希望你长期干下去，而且也希望你享受生活。"刘铭庭表示，他一定要在这个地方干到老，看到沙漠地区的老百姓都富裕起来，就是他最大的快乐和享受。

刘铭庭建起大芸基地以及他扎根南疆搞科研，让当地老百姓脱贫致富的事迹，引起了社会各界的广泛关注。一时间，到大芸基地参观、考察、学习的中外人士络绎不绝。

中国科学院和工程院院士宋健专门视察了刘铭庭的农场，他当即挥毫写下了"向刘铭庭教授致敬！"的题词，以表达对刘铭庭的敬意；国际著名药物学家、美国科学院院士郑齐友教授参观了刘铭庭的农场后，向和田地区的领导表示："刘铭庭是你们和田的一个'宝'，你们一定要把这个'宝'用好。"北京大学展鹏飞教授考察了刘铭庭的农场后说，这里是全国面积最大、管理最规范的人工大芸种植基地，并准备将第一届国际肉苁蓉学术会议安排在这里举行。果不其然，2002年4月，第一届国际肉苁蓉学术会议在和田如期召开，来自美国、日本、越南等国的代表在会议的安排下，来到基地进行了参观。澳大利亚荒漠环境管理中心的一位官员看着眼前的景象，深有感触地说："我见过很多国家的沙漠，但我永远忘不了这个地方！"德国、瑞典沙漠科考队等科学界知名人士，均来基地进行了参观访问。

刘铭庭成了世界著名的红柳专家、治沙专家、"人工肉苁蓉之父"。在他的一生中，曾获得过联合国、国家及省部级以上科研成果奖28项，获得国家、省部级以上荣誉奖24项。其中，1992年获自治区有突出贡献的优秀专家荣誉称号，1994年获中国科学院竺可桢奖，1995年获联合国全球土地退化和荒漠化控制成功业绩奖2次，1997年获联合国防止荒漠化与干旱实用技术最佳实践奖，1999年获自治区吴登云式先进个人荣誉称号，2000年获科技部、中国科学院、中国科技协会联合颁发的科技扶贫先进个人荣誉称号，2002年被评为全国防沙治沙十大标兵，2012年获自治区"创先争优"优秀共产党员荣誉称号，2014年获全国民族团结进步模范个人荣誉称号。2019年是他获奖最多的一年，先是获得自治区第六届道德模范荣誉称号，接着获得全国"最美支边人"和全国"最美奋斗者"荣誉称号，以及全国离退休先进个人和中国科学院新疆生态与地理研究所特殊贡献奖。

刘铭庭教授说他是一个一辈子待在沙漠里面的人，一辈子没去过好地方，去的都是沙漠，参加各种会议、各种课题研究也都在西部的几个沙漠里。但他一点都不遗憾，因为除了沙漠，他对其他地方都不感兴趣。他觉得自己活得很精彩、很充实，虽然很辛苦，但心里很满足。

在刘铭庭教授随身携带的一个小包里，有一个红色的小本子，那是《中国共产党章程》。从递交第一份入党申请书开始，他就时刻都把党章带在身边，每次有新党章出来，他就换一本新的。为的是时刻提醒自己，一定要以党员的标准严格要求自己，时刻想着为人民服务，为人民做实实在在的事情。

五、刘铭庭的人工肉苁蓉种植技术成功之谜

大芸被中医药界称为“沙漠人参”，世界上所有沙漠国家、地区都想人工种植成功，为什么这么多年来谁都种不出来，而只有刘铭庭教授能种出来呢？刘铭庭教授带着很浓的西安口音，将其中缘由娓娓道来。

“一般人都知道，大芸是寄生在优良固沙植物红柳或梭梭根部的。当然，其他一些小型沙漠灌木植物也有寄生大芸的现象，如白茨属植物类等，但它们一般只能长1米多高，出来的大芸自然也很小，产量也很少，形不成规模，也没人收购。因为经济效益很小，根本不在发展人工大芸考虑之列，只是作为一种科学研究来进行试验性种植。因此，人工种植大芸的接种对象主要就是红柳或梭梭，从专业上讲，我们又把这两种接种对象统称为‘寄主’，就是大芸种子寄生和依附的主要对象的意思。许多人在试种大芸的时候，都是把寄主的根部挖出来，把大芸种子直接种在寄主的根部上；要么就是把寄主的根部割开一道口子，把大芸种子放进去；有的还把掺上羊粪的沙土放在根部周围，为的是给出来的大芸增加营养，然后再把沙土埋上。但是这些办法都失败了。

“他们虽然没有种植成功，但给我提供了很宝贵的经验和思路。无论红柳还是梭梭，这些寄主的根部都又粗又硬，大芸的种子又很弱小娇嫩，无论是主根还是叉根，大芸种子都是不可能钻进去的，这说明大芸根本就不是寄生在寄主根部的。我过去在沙漠里考察时，对野生大芸各个时期生长状态都

进行过仔细观察和研究，沙漠里的野生大芸是没有人种的，他们完全是大芸种子和寄主的自然结合。那么在现实中我们也不应该特意地去种，只要给它们创造自然结合的机会和条件就行了。

“1985年我在策勒治沙站的时候，就是按照这种想法和思路开始人工大芸试种的。策勒治沙站当时有一棵中华柽柳新种，那是我1974年从北京植物园里引种到吐鲁番沙生植物园的，1982年我到策勒治沙站的时候，我就带了几根中华柽柳枝条，在策勒站扦插成活了。到1985年的时候已经长得很大了，有3米多高，我就开始在这棵中华柽柳上面做试验。

“我在试种大芸的时候采取自然的方法，不去有针对性地对哪个根系进行接种，我就是在红柳旁边50厘米左右的地方挖一个50厘米深的沙坑，把从坑里挖出的沙子全部掺上大芸种子，然后在最上面覆盖上一些不掺种子的沙子。在挖坑的时候不小心还把一些红柳根挖断了，我也没管它，然后我就希望它们像野生大芸一样，红柳和大芸种子能够自然结合。

“大概过了3个月左右，有一天早晨，也就是天刚亮的时候，我准备查看一下大芸种子在沙子里面的情况，据我对植物的了解，如果它们能够结合，这么长的时间就应该有结果了。当时太阳还没有出来，气温还很低，我怕气温一高就破坏了它们的生长环境。当时我就轻轻地，一点一点地扒开沙土，当扒到三四十厘米的时候，我就看到了希望看到的情况。

“当时让我感到特别惊喜，我看到在许多红柳的根上都长上了大芸，大部分都只有小指头、黄豆粒那么大，还有许多都是小白点子，那些都是接种上以后刚刚发育的大芸种子。我怕时间长了会影响生长，就赶紧把沙子埋上了。又过了几个月后，还是早晨的时候我又扒开看，看到大芸已经长得有蘑菇那么大了，都从沙子里面往上长，我感觉我的试种非常成功。到了第二年春天的时候，许多大芸一窝一窝地出土了，这说明我的人工大芸试种已经成功了。”

从古到今都没有人种成功，却让刘铭庭这么快、这么容易就试种成功，好像在冥冥之中这人工大芸就在等待他似的，这简直让人觉得不可思议。

刘铭庭教授说："我总结了一下，我的成功有很多因素，大部分是必然因素，当然也有个别的偶然因素。前人在根部试种都没有成功，这就让我少走了很多弯路，我就再没有在寄主的根部上打主意。这样我就想到了野生大芸种子和寄主是偶然结合才长出大芸的，说明它们之前根本没有必然的接触关系，完全是靠它们的机缘巧合才结合在一起的，我就尽可能多地给它们创造接触机会。于是我就在寄主根部的旁边挖一个坑，在沙子里面都掺上大芸种子，这样寄主根部从上到下，无论从哪里来，只要穿过这个坑，都能碰上大芸种子，它们都有机会结合在一起。这是我从长期的观察、思考和实践中得来的，都有科学依据，这些都是成功的必然因素。"

刘教授边思考着边继续说："偶然因素就是我在挖坑的时候把许多寄主的根挖断了，通过几次对大芸和寄主结合部位的仔细观察，我发现就是我挖断的地方长出的新根才和大芸结合上的。通过这一点我就知道了，只有寄主的新根和大芸种子接触，他们才能成功结合。这也是前人接种不成功的主要原因，他们在挖寄主根部的时候，都生怕把寄主的根挖坏，把寄主的根都保护得好好的，这就让大芸种子根本没有和寄主结合的机会。在指导农民种植大芸的时候，我就让他们尽管放心挖，挖断了没有关系，本来就应该是挖断的。"

刘教授又接着说："他们种不成功还有一个重要原因，那就是他们舍不得大芸种子。当时全国沙漠地区大芸种子都少得很，内蒙古每公斤要卖到十几万元，他们在购买的时候都只买几克，试种的时候放的种子就更少了，再加上放的又不是地方，所以根本没有成功的机会。我的大芸种子都是在沙漠里自己收集的，不花钱，因此我舍得多放。我把寄主根部要经过的地方都放上了大芸种子，刚好我又放在了该放的地方，因此我自然而然就成功了。"

这是一项具有国家发明专利、让农民致富的重大科研成果，凝聚着刘铭庭教授几十年来在沙漠里的艰辛付出。这里面有他作为一名生物系植物专业出身的科学家几十年丰富经验的积累，有他对各种沙漠植物的了解、思考、研究和分析，还有他刻苦而勤奋的钻研以及他独特的思维和特别的领悟能力，而像这样集各种优势于一身的，唯有刘铭庭一人。他的成功表面上看似很偶然、很巧合，实际上是一项非常成熟的科学实验，这也就成了必然。

刘铭庭教授说："虽然我已经试种成功，但我并不知道它们之间到底是一种什么关系，所以我一直想知道，在寄主根部经过的时候，大芸种子是和寄主的什么根、哪个部位接触上才能接种成功。我经过多次实地观察、研究后发现，大芸种子最初不但不是接种在寄主的主根或四周的叉根部分，而且也不是接种在寄主的毛须根上。在最初接种成功的时候，我亲眼看见它确实就长在寄主的那些最小最细，跟头发丝一样的毛须根上。后来通过不断研究我才发现，寄主的毛须根和大芸种子是没有任何关系的，它们是不接触的，而只有最新长出来的毛须根找到大芸种子了，这样才能接种成功，而不是其他的已经长成的毛须根。这就是说，在接种成功以前，你所看到的都是旧毛须根，只有在接种成功以后，长出大芸的那根才是最新长出的毛须根。可以这样说，最新长出、要和大芸亲密接触的那根毛须根你是根本看不到的，它们完全是在不为人知的情况下秘密进行的。"

刘铭庭对大芸和寄主之间的观察和研究有多么专业、细致，是你无法想象到的。所以说，一般人又怎么可能有成功的机会？

刘教授微笑着很有感触地说："生物界是一个很神秘、很微妙的世界，有些事情明明存在，可就是说不清里面的道理。我通过实际观察还发现，红柳和大芸种子之间是有心灵感应和信息交流的，它们之间都很默契并有亲密接触的欲望。比如大芸种子在感到红柳的根系快接近它的时候，可能已经接收到了红柳的气味和信息，它就开始发育、膨大，随时准备接受红柳根系的到来，而红柳的毛须根好像也在快速生发，想尽力地接近大芸种子。大芸种子旁边有其他的根系经过时，它们就没有丝毫变化。而且红柳只对红柳大芸种子有感应，梭梭只对梭梭大芸种子有感应，它们之间是不能互相接种的。因为这两种寄主我都试验过，无论是梭梭大芸种子接种红柳，还是红柳大芸种子接种梭梭都没有成功，说明它们只接受同属的种子。”

刘教授继续讲述着种植大芸的奥秘，和他是怎样一步步让大芸种植技术达到高产的。他说：“虽然人工大芸是种出来了，种植大芸的方法也找到了，但靠这样一窝一窝地种，不仅费力费工，而且产量也很低。怎么才能让人工大芸种植产生巨大经济效益，让沙漠地区人民尽快脱贫致富，这是我的初衷，也是我搞人工大芸种植的目的。

“我想，既然大芸是靠寄主毛须根的新根接种的，那么我就在整行寄主一面的30—50厘米处，挖一条30厘米宽、30厘米深的沟，把大芸种子掺到土里，在沟里面全部撒上带大芸种子的土，只要毛须根碰到种子就都能接种上了。于是我把这个想象的发明叫‘大芸开沟撒播高产种植法’。

“我按照这种方法试种以后，到了第二年春天，便看到红柳行旁边的整个一排，一个个大芸像芦苇一样，齐刷刷地从地里冒了出来。我感到我发明的‘大芸开沟撒播高产种植法’获得了成功，当时我很兴奋。但过了一段时间，我通过观察大芸的长势发现，这种种法虽然成功了，但并不高产，因为这样浅种的大芸虽然出来很多，但个头都很小，长得也不太好，不能达到丰产丰收、质量好的目的。于是我又进行深种试验，在沟的宽度和与寄主距离不变的情况下，把沟挖到60—70厘米深，把种子都种在30厘米以下，30厘米以上什么都不种，全部覆盖沙土。这样，结果就和我想的一样了，出土的大芸个个都像竹笋一样又粗又大又多，实现了产量高、质量好的目标。这样的话，我的‘大芸开沟撒播高产种植法’里面才敢加上‘高产’二字。”

有时候科学成果的获取就是这么简单，就是需要你有足够的想象力，敢于去想象，敢于去实践。其实今天的许多科技成果，都是这样开始靠想象，最后靠实践一步步成功的。何况刘铭庭的想象完全是建立在具有理论依据和实践经验上的。因此，他的成功也就成了必然。他不但人工种植大芸成功，而且又很快使它达到高产，可以说，他让人工大芸种植技术达到了最高境界。

刘铭庭教授接着说："这种大芸开沟撒播高产种植法是一年种植、多年受益，因为在寄主一面的整条沟里都有大芸种子，无论寄主的根系从哪里走都能碰上大芸种子，今年碰不上，明年、后年就会碰上。而且我还发现，大芸会自己分蘖，就像菌种一样，在一个大芸旁边还会长出许多小大芸，大的成熟了，小的又长出来了，这样自己分蘖，加上里面的种子，可以连续多年都无须再种。我还试验过把大芸种到1米深以下，这样出来的大芸更大、更胖、更长，每个都有好几公斤，有的甚至一个大芸就有十几公斤，但这需要三四年的时间才能出来。考虑到农民们等不及，要让他们尽快见到效益，通过反复试验和考量，最后我觉得还是把接种深度定到60—70厘米是最为合适的。现在我在指导农民种植的时候都是种到这个深度。"

刘铭庭教授说："大芸种子可以保存30年都不变质，即便在土里也可以保存十几年。"他发明的大芸开沟撒播高产种植法无论是红柳大芸、梭梭大芸还是其他寄主，都是一样使用，效果都是一样好。在寄主的旁边只能一面种植大芸，因为大芸主要是靠吸收寄主根部营养生长的，如果两面都种，就会把寄主累死。要想种好大芸，首先必须保护好寄主，这也是保护生态的自然法则。

刘铭庭教授发明的大芸开沟撒播高产种植法可以说是绝妙无比，充分显示了他在这方面的卓越智慧和超常的想象力，把自然科学和实际运用有机地结合在一起，把人工种植大芸技术推向了最高峰。

六、玫瑰花盛开的地方

于田县城的街道两旁，在各种各样的绿化带里，都种植着大红、粉红、淡红的各色玫瑰。特别是沿315国道去刘铭庭教授大芸基地的路上，在路两边各30米宽的绿化带里，种的也全是各种玫瑰。此时恰好是5月下旬，正是玫瑰怒放的季节，各种玫瑰姹紫嫣红、争奇斗艳。这全都是刘铭庭从山东平阴县引种的玫瑰花。2010年，他应邀去“玫瑰之乡”平阴培育红柳苗，看到到处都是盛开的玫瑰花，经打听才知道这种花有诸多好处：每年5月开花，一直开到9月底，既好看又省事，光浇浇水，其他什么都不用管，冬天自然过冬不用埋，特别好管理。他感觉这种花特别好，就想把它引种到于田来。临走时，他花了9000元买了2亩地的苗子，种在他的大芸基地里。他试种成功后立即就在整个于田县铺开了。于田的许多乡村道路两边，以及农民各家各户的院子里，种的都是这种玫瑰花。艳丽的玫瑰花不仅好看，还成了于田人民的美味，于田人家家户户都要做玫瑰花酱、吃玫瑰花馕。整个夏季，无论走到哪里，都能看到盛开的玫瑰花，都能闻到扑鼻的玫瑰花香。

刘铭庭的心里时时处处都在想着于田，他已经把这里当成了真正的家。他不仅用人工大芸让于田人民走上了富裕道路，还用玫瑰花装点着他们的生活，用自己的才华和能力让他们的生活变得越来越美好。农民买土·哈森木深情地说：“刘教授不是一般的教授，他是我们老百姓的教授，是专门为我们做好事来的，他手把手教我们致富，让我们农民一个个都富起来了，我们永远都不会忘记他。”

护边守边比生命更重要

艾贝保·热合曼

一、布茹玛汗大妈的形象，山一样矗立在心中

“护边守边比生命更重要”，是我在乌恰县吉根乡采访布茹玛汗·毛勒朵期间，不止一次从她口中说出的发自肺腑的话语。在布茹玛汗时至5月依旧生着火炉的家里，在她红色荣誉室给我们讲解的过程中，在空气稀薄的冬古拉玛雪山峡谷，在她78岁高龄依旧不忘在沿途石壁上刻下“中国”二字的时候，“护边守边比生命更重要”这句话情不自禁地从老人嘴里说出来，自然、亲切、朴实、真诚，令人钦佩。

一个大山里普普通通的牧羊女，1961年19岁开始护边，1966年3月被乌恰县吉根乡选为首批义务护边员，直至现在仍然要隔三岔五习惯性地踏上边防线，走一走，看一看。不是一天两天，也不是三年五载，说一说就过去了，扛一扛就坚持下来了。是50多年如一日，风里来雨里去，爬雪山、蹚激流、攀陡坡、越沟坎，哪儿摔倒哪儿爬起来，脚磨破了，拄一根木棍一瘸一拐继续向前走。披星戴月平常事，风餐露宿不退缩。高海拔山区，天气反复无常，说变就变，刚刚还是晴空万里，陡然间风云突变，说刮风就刮风，说下雨就下雨，说下雪就下雪，说下冰雹就下冰雹，一点都

不遮遮掩掩、羞羞答答，说来就来，令人猝不及防。尤其是这冬古拉玛的冰雹，我可是亲身领教过了，小的如麦粒，大的像指甲盖。打到汽车引擎盖子上，爆米花一样弹起来；打到人的脸上，如蜜蜂蜇了般生疼。环境恶劣，道路艰险，高山深谷，荒无人烟，尽管常常与孤寂和枯燥为伴，布茹玛汗却时时以乐观的心态、坚忍不拔的毅力，就这样义无反顾、矢志不渝，从满头青丝、笑靥如花的妙龄少女，一直走到饱经沧桑、儿孙满堂的年纪。布茹玛汗·毛勒朵，一个普普通通的柯尔克孜族牧民，最终以她大山一样的高贵品德、胡杨一样的坚韧意志、草原一样的博大胸襟，谱写了一曲感天动地的华彩乐章。也正是因为她怀有一颗热爱祖国的拳拳之心，始终把护边守边视作至高无上的、义不容辞的神圣职责，甚至宁肯牺牲自己的生命，也要守护好边防线安宁，才有了50多年如一日这样长达一生的坚守和奉献。对祖国的赤胆忠心，一笔一画永久刻在了她所到之处的数以万计的“中国石”上，成了冬古拉玛边防线上一道独有的标记和风景线，时刻彰显着祖国的主权和尊严。她视边防战士如亲人，倾其所有，让他们感受到家的温暖，成了名副其实的“兵妈妈”。多少年来，边防战士换了一茬又一茬，然而布茹玛汗的身份却从未改变，依旧像一个妈妈，无微不至关怀和呵护着那些来自祖国四面八方的年轻边防战士，将他们请到自己的家，端上一碗奶茶、递上一块馕，找出针线缝补他们破了的衣裳。如果哪位战士意外受了伤，她会想尽一切办法来救治。

吉根乡下辖萨孜村、哈拉铁列克村、萨哈勒村和斯木哈纳村4个行政村，共有18个对外山口和一个河口。边境线点多面广，地形复杂，且大都属于高海拔地区，山高坡陡，山口地区常年冰雪覆盖、高寒缺氧，除边防连战士常年固守边境线之外，还配置了许多牧民护边员，与边防战士共同形成一道牢不可破的钢铁长城。正是这种血浓于水的、情同手足的关系，确保了祖国边防线的永久安宁。而布茹玛汗则是众多护边员中的杰出代表，平均每天走20公里的山路，50多年如一日巡边护边。只有把对祖国的满腔热爱和无限忠诚，融入血液，渗入骨髓，让守护边防的坚定信念像参天大树一样在自己的心中牢牢扎下根的人，才会有如此震撼人心的坚守，而这个人就是布茹玛汗·毛勒朵，也就是被人们亲切称作“布大妈”的柯尔克孜族老人。

最初听说布茹玛汗·毛勒朵这个名字，还是通过报纸、电视和互联网，得知在乌恰县吉根乡有一个女牧民护边员，经年累月、风雨无阻奔走在险象环生的边防线，用平凡的人生创造出了不平凡的英雄事迹。一时间从内心对布大妈产生由衷的敬意，进而开始关注布大妈的动态，以至后来她的家庭、生活环境、子女状况、所获荣誉、社会影响和受众评价等，都在我的关注了解范围之内。

我发现，越是抽丝剥茧，由具体到深入，就越能感受到布大妈身上处处都是闪光点，像一面旗帜引领着我们，如一盏灯塔感召着我们，似淅淅沥沥的春雨滋润着我们饥渴的心田。一个断断续续只上过一年学的牧民，不会夸夸其谈，更没有豪言壮语，却比当下许许多多自诩知识渊博的人思想境界更高，靠信念支撑、凭毅力坚守、用责任担当，保边防安宁。一句话，她心中永远装着祖国，终生感戴党的恩情。

令我激动万分的是2019年9月29日这一天。北京，人民大会堂，中华人民共和国成立70周年国家勋章和国家荣誉称号颁授仪式通过中央电视台向全世界进行现场直播。42位为新中国建设和发展做出卓越贡献的突出代表和国际友人分别获得国家勋章和国家荣誉称号，其中就有“人民楷模”荣誉称号获得者布茹玛汗·毛勒朵。当主持人用铿锵有力的声音播报“布茹玛汗·毛勒朵，人民楷模，在平均海拔4000多米的边防线上50多年如一日卫国护边，带动乡亲巡边守边，为国防事业做出重大贡献”的授奖词之后，和所有国家最高荣誉获得者一样，布茹玛汗·毛勒朵大妈，怀着激动的心情，在孙女玛依然木比的搀扶下，手拄一副拐杖，面带笑容地走上颁奖台。停顿片刻，她转身将拐杖交给孙女，而后眼含幸福的泪花，沉稳有力地一步一步走近总书记习近平，鞠躬、握手、微笑，无比光荣地接受习近平总书记颁授勋章，并一起合影留念。我一直盯着电视机，喜不自禁，热泪涟涟，无法言表当时的喜悦之情。这个荣誉至高无上，不但是对布大妈矢志不渝守边防、倾其一生爱祖国的最高褒奖，也是对我们的一种莫大激励和鞭策。也就在这个时候，布茹玛汗的形象如一座高大的山峰在我的心中矗立起来，真希望有朝一日能有幸见上布大妈一面，哪怕是说上几句话，合上一张影，也算满足了一个素不相识崇拜者的美好心愿。

二、美好机缘，让我走近布茹玛汗

想不到时隔不久，这种机缘就向我招手了，而且是以一个采访者的身份，受命远赴克孜勒苏柯尔克孜自治州（以下简称克州）乌恰县吉根乡萨孜村，专程对布茹玛汗大妈进行深入采访。接到这个任务，我喜出望外，开始马不停蹄地做相应准备，并认认真真拟写了35条采访提纲。心想着此次机会难得、责任重大，不能辜负组织的信任、读者的期望，一定要高质量完成采访任务。接到采访任务不几日我便动身了，先是在阿图什和乌恰县做短暂逗留和接洽，继而驱车直奔吉根乡。

沿途隔着车窗望远处，一座座雪山映入眼帘，在阳光照射下，熠熠生辉，有点晃眼。一个沟谷连着一个沟谷，有沙石滩、荒戈壁，也有一片一片绿色湿地，点缀着游动的牛和羊。河水顺着山脚蜿蜒流淌，一棵棵树木仿佛撑起一把把绿伞。路上最吸引人的还是那些整齐划一、集中连片的富民安居房，红顶黄墙，分外醒目，构成一道道美丽的风景。

吉根乡号称“西陲第一乡”，是中国最晚迎来日出也最晚送走日落的地方。远离大都市，地处偏远一隅，群山环绕，形成一个个小盆地，看似闭塞，实则超乎我的想象。一是路修得好，通往各个居民点，甚至各家各户。二是集镇房屋焕然一新，有超市，有饭馆，有理发店，还有一个小小夜市。三是无论乡人民政府还是村委会，办公室、会议室、活动室一应俱全，而且干部年轻化，办公配电脑，需要什么材料立马就能打印出来。四是足不出户，了解天下事。电视、手机已经很普及，尤其手机几乎人手一部。五是交通工具发生了翻天覆地的变化，人们出行从靠两条腿，到骑着毛驴，再到换上马匹，进而屁股下面压着摩托，时至今日私家车随处可见。六是人们的收入普遍大幅度提高了。当我晚饭后出门散步，偶然看到吉根乡集镇马路边，一栋房屋山墙上书写着一幅“幸福是奋斗出来的”红色大幅标语后，一切便在心中有了答案。布茹玛汗·毛勒朵，通过50多年锲而不舍、持之以恒的努力奋斗，荣膺2019年“人民楷模”和“最美奋斗者”荣誉称号，可谓实至名归。

来到吉根乡的当天，我就迫不及待去了布茹玛汗家。一进院门，老人家就拄着拐杖迎上前来，我们互致问候，简单交流几句，就跟随她进了家门。5月的天气，她的家里依旧生着火炉，外面有点冷，屋里却是暖洋洋的。老人微笑着，一再坚持让我们上炕，炕上铺着红毯子，毯子上又让她的孙女给我们铺了厚软的褥子。我们盘腿坐在花色褥子上，喝着奶茶，就着酥油，嚼着包尔萨克，一边和布大妈拉着家常，一边打量着墙上那幅彩色照片。那照片尺寸很大，占了半壁墙面，色彩艳，以红和黄为主色调，看上去非常喜庆。这就是2019年布大妈在北京人民大会堂获得国家勋章时，和习近平总书记的合影。图片上的布大妈幸福地微笑着，眼下坐在家里的她，依然沉浸在当时那幸福的情景中，脸上洋溢着喜悦的表情。老人指着照片，兴高采烈地与我们一起分享着当时的心情。她朴实的话语再一次深深地感染了我和在座的每一个人。

实际上，那个时候布大妈的腿脚已经很不方便。由于50余年的跋山涉水、攀坡登崖，日复一日来回奔波在边防线，布大妈的两条腿落下了严重的痼疾，行走不便，更不能长时间保持站立。而且就在去北京领奖之前，她的双腿做了半月板摘除手术。后来陪奶奶一同去的小孙女玛依然木比这样告诉我："工作人员了解到奶奶腿脚不便的情况后，建议她坐着轮椅去领奖。但是奶奶却坚持自己走着上去领奖。奶奶说去见习近平总书记，是她盼望已久的最大愿望，不能坐着轮椅去，一定要走着去！最后大家只能尊重奶奶的意愿，由我搀扶着奶奶一步一步走上颁奖台。"后来玛依然木比还在微信中对我讲，通过这次陪奶奶赴京领奖，她深深感受到了祖国的繁荣和强大、人民的和谐与富足，不但让她开阔了眼界、增长了见识，也让她再一次从奶奶身上看到了一种高贵的品质、一种顽强的精神、一种坚定的信念。沾奶奶的光，她也见到了敬爱的习近平总书记，这难忘的经历，将会成为她人生当中最宝贵的财富，伴随和激励着她发奋努力，不断进取，以优异成绩回馈社会、报效祖国。也只有如此，才能不辜负奶奶的谆谆教诲和殷切希望。

布大妈还有一个大孙女叫萨丽肯比，就读于北京林业大学，此时恰好就在布大妈家。出于好奇，我问她奶奶为什么舍近求远，让妹妹陪着去北京领奖，是不是奶奶偏向妹妹，才把这个机会给了妹妹。萨丽肯比有点腼腆，说话细声细语，始终面带微笑，最终给了我这样的回答："奶奶的考虑很周全，我毕竟在北京上大学，和妹妹比算是见多识广，看世界的机会总归比妹妹多一些。而妹妹在喀什读书，没出过远门，更没有见过大世面。妹妹能考上大学很不容易，把这样一个难得的机会让给妹妹，一定会对她的未来产生极大的鼓舞和激励作用。我觉得奶奶的选择是正确的，绝对不会埋怨奶奶，更不会嫉妒妹妹，这是我们家族莫大的荣耀，高兴还来不及呢。"望着萨丽肯比笑眯眯的幸福神态，我为这个小小年纪的柯尔克孜族女大学生感到骄傲。在她的身上，我同样看到了从布茹玛汗大妈那里传承下来的可贵品质，即宽广的胸襟和与人为善的心态。言传身教，上行下效，一滴雨露折射太阳的光辉，护边如此，为人处世如此，儿女子孙教育亦如此。

也就是在萨丽肯比这里，我了解到了她从小喜欢奶奶，像个跟屁虫似的，从早到晚跟在奶奶身边。她盼望着边防战士来奶奶家做客，因为随着边防战士的到来，她和妹妹就能吃上甜甜的罐头和白砂糖了。到后来就是方便面，细细的、脆脆的，配上各种从未见过的调料，百吃不厌。只要边防战士住下来，奶奶就会腾出毡房，有什么好吃的全部拿出来给战士们吃，就像一家人一样，关系好得很。

三、一个电话，一副拐杖，采访中的意外收获

正如以往在电视屏幕中看到的那样，布大妈慈祥、善良，极具亲和力，就像一位久违的亲人，始终微笑着与你拉家常，不厌其烦，一坐就是几个小时。毕竟是78岁高龄了，最近又不慎摔伤了右手腕，我们有点于心不忍，采访中一次次劝布大妈休息片刻，或者身靠被垛半躺着同我们说话。可是老人坚决不肯，一直就那样坐在炕沿边上接受采访。而我事先准备好的采访提纲被打乱顺序，也只能顺着布大妈的思路一步一步往下走。然而这不仅没有影响我的采访进程，还让我在老人“润物细无声”的叙述之中，不断发现一些鲜为人知的闪光点，收获一些具有典型意义的第一手材料，可谓真正意义上的不虚此行。

这不，那一天布大妈说着说着突然停下来，从身上掏出一本小小的通信录，打开其中的一页，随后拿起她的手机拨通了一个电话。只听布大妈只说了一声“丫头，好吗?”就随手将手机递到了我的手上。我一听，是一个女子在说话，声音好像来自遥远的地方。对方似乎和布大妈非常熟悉，人很热情，也很关注布大妈术后的情况，并告诉我7月份会来吉根乡看望布大妈，

临了一再让我转告布大妈，说“布大妈的健康就是我们的幸福”。我激动地给布大妈转述着我们的通话内容，尤其是对方发自内心的那句“布大妈的健康就是我们的幸福”，同样也是所有关注布大妈的人共同祝福。我急切地想知道通话的这个人到底是谁，她和布大妈有着怎样的亲密关系。

好奇心促使我接过布大妈手中那本小小的通信录，于是便看到了一个叫作刘哲昕的人名和一个手机号码，而通信地址则是上海浦东干部学院。很快我就和刘哲昕老师取得了联系，原来接电话的那位女士是他的爱人。刘哲昕老师先后荣获全国干部学院优秀教师、第六届全国道德模范提名奖、上海市优秀共产党员等荣誉称号。刘哲昕通过微信告诉我，过去他一直带领爱心团队在南疆助学、送教、办夜校，2016年受邀赴克州为干部送教，其间特意去拜访了布妈妈，从此结下不解之缘。2017年第二次去见布大妈的时候，布大妈就认他做了儿子，并且给他取名“巴哈提别克”。

也就是从2017年开始，刘哲昕老师为柯尔克孜族护边员义务巡讲，而且每次都把吉根乡作为重点。一次他在吉根乡为护边员巡讲的时候，布大妈的小儿子阿曼图尔突然站起来说：“既然妈妈认你做儿子，我就要送你一匹马，这样就更像一家人。”而且说到做到，果真就送了他一匹马，一直养在布大妈家，让他十分感动。随后刘老师又发过来不少图片，有夏天的，也有冬天的，有骑着马的，也有戴着柯尔克孜族花帽的，看上去不像一个来自大都市的知名老师，更像是一个地地道道的吉根乡人。

2019年国庆节期间，布大妈和刘哲昕老师在北京意外重逢了。原来布大妈和刘哲昕同时受航天专家邀请，来到航天总装车间参观火箭。当时布大妈和刘哲昕就像一对真正的母子，微笑着手拉着手，并排站在高高耸立的、巨大的银白色火箭之前。那是多么光荣和自豪啊！

“我和妈妈不是用语言交流，而是用心交流，她是我的精神母亲，鼓励着我克服一切困难，勇往直前。我要像妈妈一样为了理想和事业，奋斗一生，无怨无悔。”刘哲昕感慨万分地对我说。这一点我能感同身受，有些时候心与心的交流，更容易抵达人的灵魂深处。

布大妈那副从不离手的紫红色拐杖，手柄处像一截半弯的山羊角，光滑舒适，握着顺手。手柄下方和触地之上的方位，分别镶有两处金光闪闪的铜环，看上去精致、耐用。我问布大妈，这就是当时随她一起上过国家最高荣誉颁奖台的那副拐杖吗？布大妈回答说就是这副拐杖。我又问她这副拐杖是谁赠送的，布大妈说是一个记者看她腿脚不便，特意通过邮局不远千里寄给她的。我接过拐杖仔细一瞧，上面留有“人民日报社赠”的字样，我就告诉布大妈，这副拐杖不是以记者个人的身份送给她的，而是以人民日报社的名义赠予她的，是一种关怀，更是一种敬仰，很有纪念意义。老人听后有点惊讶，脸上的表情一时变得庄重起来。

四、印象深刻的两次流泪

布茹玛汗虽说是年过古稀的老人，但依旧保持着旺盛的精力，思维敏捷，50多年过往事，如数家珍、娓娓道来，甚至很少喝一口水。我们过意不去，总停下来劝老人休息休息，润润嗓子。布大妈却总是微笑着说一声“玛库勒、玛库勒”（好的、好的），然后端起茶碗象征性地抿一口水，继续兴致勃勃往下讲。讲她从1961年19岁开始，如何光荣地担当起了护边责任；讲自己的父母如何一次次不厌其烦地告诉她，要睁大眼睛看好这边的人和牲畜，一个都不能越界到对面，那边的也一样，一个也不能放进来；讲她护边守边过程中一次又一次惊险的遭遇；讲她和边防连战士之间亲密无间的鱼水深情。

布大妈讲了这样一个故事。一次她在护边途中遇上山洪暴发，河水猛涨，直至天黑也无法回家，饥肠辘辘的布大妈只能拖着疲惫的身体，来到一处石壁下躲避风寒。山高沟深，伸手不见五指，远处哗啦啦的洪流声依旧在山谷回荡，呼呼刮过来的山风像鞭子一样抽打着布大妈的身子，她止不住打着哆嗦。阴森无助的夜晚让人感觉非常漫长，然而就在这个时候，更可怕的事情发生了，一声接一声熟悉而又令人恐惧的狼嚎从前方传来。穿透力很强的狼嚎，高分贝、带尾音，声嘶力竭、持续不断，给空旷的山野平添一种凄凉和恐怖的气氛。布大妈本能地坐了起来，背靠着石壁，惊慌中开始思考应对的办法。狼是一种凶残的动物，成群可以围攻包括牛马这样的大牲畜，独身也会一次咬死十几只羊，情急之时还会袭击人。此时的布大妈独自一人，又是在漆黑的夜晚，她只能听见狼嚎，却看不见狼的踪影。但是，狼的夜视力极强，会将她看得一清二楚。赤手空拳对付一只狼，绝对是鸡蛋碰石头，即使手中有棍子，也不是狼的对手，更何况她还是一个女子，与狼相遇，后果不堪设想。布大妈想到父亲教给她的用火焰来吓退狼的办法，便赶紧摸了摸身上，万幸的是火柴盒还在衣服口袋里。她急忙拿出来，再摸火柴棍，干干燥燥，一颗悬着的心多多少少放下来一点。这也是父亲千叮咛万嘱咐的一个防身术：火柴要随身带，宁肯雨雪淋湿衣服，也要想办法让火柴保持干燥，关键时刻能救人一命呢。当下果真让布大妈用上了。布大妈强作镇定地俯下身子，就近在地上扒拉一些干树枝和杂草，又从棉衣上撕下一团棉絮，在那只凶恶的狼即将靠近自己之时点燃一堆火。火在黑夜中熊熊燃烧，加之布大妈在火光的映照下，张开嘴大声喊叫着，手舞足蹈一通乱比画，不一会儿，那只本打算靠上前来的独狼竟然偃旗息鼓，无声无息消失了踪影，总算让布大妈逃过了一劫。

采访中，布大妈多次让我看她父亲毛勒朵老人仅存的几张黑白照片，一个清瘦、朴实，看上去却又非常坚毅、执着的牧人形象。就是这个普普通通的柯尔克孜族牧羊人，不但教会了女儿如何护边守边，而且在日常生活的耳濡目染中，让布大妈从父亲身上，不断领会做人的道理，并用实际行动充实和完善着自己。

从柯尔克孜族先辈那里流传下来的文化传统中，“奥果曲阔孜”现象在羊群中最常见，也最具有教育意义。所谓“奥果曲阔孜”，指的是那种既吃自己母亲的奶，又惦记着别的母羊的奶，甚至还要再吃另外一只羊的奶的小羊羔。当别的小羊羔心存感恩、专心致志跪乳的时候，它却朝三暮四、东跑西颠，这边急急忙忙吃几口奶，那边再趁其不备慌里慌张偷吃几口，欲壑难填遭人嫌。而父亲正是拿“奥果曲阔孜”来教育自己的孩子，反反复复给她忠告：做人绝对不能自私自利，凡事要先想着别人。心地善良，眼里的世界就大，脚底下的路就宽。生活不要指望别人，要靠自己去努力奋斗。总是想着依靠父母的人，父母给了钱财，却给不了生存的本领；总是想依靠亲戚朋友的人，到头来亲戚朋友都会离你而去；总是想依靠政府的人，人一天比一天懒，最终自己把自己毁了。布大妈说，父亲的这些教诲真的比金子还珍贵，她一辈子都忘不了。

说到边防连战士时，布大妈情不自禁流下了泪水。布大妈说：“越是上了岁数，越是感觉这些当兵的孩子就像自己的孩子，总是想关心他们。你想想，这些本该在父母身边享福的孩子，不远千里来到前不着村、后不着店的深山里，环境恶劣、高寒缺氧不说，还要爬冰卧雪、受苦受累，让人心疼啊！”采访过程中，布大妈多次重复着这样的话语，而且一边说，一边不时用衣角揩拭着眼中的泪水。多年的护边体验，已经让布大妈养成了习惯，那就是越是雨雪天气，越要让边防战士感受到家的温暖，哪怕是一碗热热的奶茶、一块浓香的馕饼、一句母亲般亲切的问候。

虽说牧民以放牧为生，喝牛奶、吃羊肉是最基本的生活方式，但也不是随随便便就能宰一只羊的。就像工厂生产一样东西首先要用来获取收益一样，每只羊都有预期的出栏支出打算，或是添置一件日用品，或是一家人的衣着和吃喝。因而牧民家里宰一只羊，也是比较隆重和具有仪式感的，一般都是逢年过节、红白喜事，或者尊贵的客人到访，否则不会轻易宰一只羊的。而边防连战士就是布大妈家的座上客，他们为守边而来，为祖国的安宁而来，宰一只羊布大妈心甘情愿。“再说了，哪有当母亲的不让自己孩子吃肉的道理。”说到这里，布大妈不禁破涕为笑了。这实实在在的话语都是发自内心的，并且对此一以贯之。

战士浑身被雨雪淋透，疲惫不堪来到布大妈家，布大妈一家不但让战士吃好喝好，而且还要让他们休息好。她会腾出温暖的屋子，铺好厚褥子，而自己一家人挤在破旧的仓房里。当有战士遭遇不测，不慎从马背上摔下来，或者被严寒的天气冻伤，布大妈一家更是竭尽全力给予救助。在布大妈先进事迹红色荣誉室里，老人家用拐杖指着墙上的一张大幅黑白照片，回忆起了1999年夏天的一件往事。

那一天，边防连官兵一行8人在边防线巡逻，因前一天都淋了雨，全身已经湿透，这一日又遇雨雪天气，而且他们连续奋战8天，已是人困马乏。就在他们迎着恶劣天气从4000多米高的冬古拉玛山口赶往布大妈家毡房的途中，一个叫罗齐辉的浙江籍战士，因遭受奇寒天气和雨雪侵袭，双腿被严重冻伤，一不小心从马背上栽了下来。“那一天，天已经擦黑儿了，我左等右等，就是不见战士们归来，我就有点等不及了，套上一件外衣就急急忙忙迎上前去。当时天黑路滑，严寒刺骨，我深一脚浅一脚，一不留神就摔一个跟头。我跑过去时，看到那个战士从马背上摔了下来，已经不省人事了！”说到这里，布大妈脸上一副紧张、焦虑的神情。当时布大妈急得眼泪都下来了，赶紧招呼大家将罗齐辉抬到自己的毡房，一边将他的双脚揣进自己怀里保暖，一边急切地催促儿子麦尔干用最快的速度宰一只羊，用柯尔克孜族传统热羊血洗冻伤的秘方来挽救一个兵孩子的双腿。“我不能让一个从远方来保家卫国的边防战士，在我们的眼皮子底下失去双腿啊，那将会成为我们一辈子的耻辱，至死都要遭受良心的谴责！”布大妈收回拐杖，拄在地上，很是后怕地望着我们说。

母亲发出的命令，掷地有声、斩钉截铁，麦尔干必须立即执行。因为事关边防战士的一双腿，即使奶奶心爱的孙子将要失去朝夕相处的最亲密伙伴，麦尔干也要忍痛割爱。很快一盆热气腾腾的新鲜羊血就端上来了，布大妈将罗齐辉的一双腿轻轻放入羊血中，一遍一遍耐心、细致地揉搓。与此同时，布大妈又让儿子麦尔干将羊开膛破肚，取来热乎乎的羊内脏，融入羊血中再一次反复揉搓。最后又将羊皮严严实实裹在战士的腿上，促使罗齐辉的双腿尽快恢复知觉。此时布大妈的脸上、裙子上溅得到处都是羊血，累得腰都直不起来了。“快一点醒来吧，孩子，睁开眼看看大妈吧。”在布大妈的努力下，罗齐辉的双腿开始恢复知觉，人也最终苏醒过来了。这件事已经过去20多年，如今再谈起，布大妈还是情绪激动，难掩内心的欣慰和喜悦。

五、言传身教，成就一个光荣家庭

说到布大妈那间“护边之家”红色荣誉室，一进门就会被那挂满墙壁的一幅幅图片所吸引。俯身再看玻璃展柜，各种荣誉证书、奖状、奖杯，以及报刊新闻报道、人们的参观留言，令人目不暇接。从乡级荣誉到县级荣誉，从自治州级荣誉到自治区级荣誉，再到国家级荣誉，我们挨个数了一遍，接近50项之多，其中还不包括无处摆放、已经存放起来的那些荣誉。不妨让我简要罗列如下：

1. 乡级荣誉：2009年吉根乡小学名誉校长，2012年吉根乡优秀护边员，2014年吉根乡“最美母亲”。

2. 县级荣誉：2002年至2007年边防工作先进个人，2007年“三学三比”女能手，2008年优秀人大代表。

3. 自治州级荣誉：2009年“双拥”工作先进个人，2012年优秀护边员，

2018年西陲模范护边员。

4. 自治区级荣誉：2005年“感动新疆”十大人物，2008年民族团结进步模范个人，2012年爱国拥军模范。

5. 国家级荣誉：2006年全国国防教育先进个人，2009年全国五一劳动奖章，2019年“人民楷模”和“最美奋斗者”。

这些荣誉范围广泛，时间跨度长，级别越来越高，非一般人所能达到。一个牧羊女出身的、高寒山区的普通人，没有文化，也没见过大世面，却以“咬定青山不放松”的精神，50余载风雨无阻巡边护边不动摇。这种舍小家为国家，将国家利益置于最高地位，哪怕牺牲自己的生命，也要确保边防线永久安宁的雄心壮志；那经过长久艰苦卓绝的意志磨砺，百折不挠的生死考验，不达目的绝不罢休的坚强决心，成为我们这个时代不可或缺的精神财富，指引我们将布大妈的精神化作砥砺前行的超强动力，为了祖国更美好的明天贡献出自己的力量。

不但布大妈如此，她的二儿子麦尔干也是如此。那天我到他家采访，因在此之前已经听说他也像母亲一样，是一名优秀的护边员，多次荣获各种荣誉，就让他拿出来与我们分享。他先是红着脸，不好意思，在我的再三催促下，他才走进里屋，搬出一只黑皮箱，小心翼翼打开让我们过目。满满一箱，都是大红色的荣誉证书和奖状。我一一打开，认认真真端详起来：2006年被克州公安边防支队评为优秀群众护边员，2007年被自治区授予新疆青少年民族团结十大标兵荣誉称号，2007年荣获第五届全国各族青年民族团结进步优秀奖，2010年被评为乌恰县爱国拥军先进个人，2016年被吉根乡评为带头传播现代文化模范，一本接着一本，捧在手中沉甸甸。子承母业，将守边护边的爱国精神发扬光大，使守边卫国的重任后继有人。

说到麦尔干这个名字，其实还有一段鲜为人知的故事。那天我在布大妈家里，问到她这么多年巡边守边有没有不高兴、不顺心的事。布大妈不愿意说，后来在我一再追问之下，老人才告诉我。一开始护边的时候，因为时常独自一人在荒山野岭，有时好几天回不了家，时间一长，风言风语就开始流传起来。丈夫托依其拜克就坐不住了，动辄问大妈要家还是要边防，布大妈毫不犹豫地选择了护边。后来不少老人就劝布大妈的丈夫，说布大妈干的是一件好事，又不是坏事，怎么就听信风言风语，让布大妈伤心呢。丈夫托依其拜克终于明白过来，开始由埋怨转为支持，并时不时陪布大妈一起上山巡逻。而就在此期间，布大妈遇到一位白胡子长者，斩钉截铁支持布大妈的行为，告诉她走自己看准的路，不要回头，并且反复叮嘱她，如果再生一个儿子，就取名“麦尔干”，相信有这样一个名字，就能像猎人的子弹一样，击碎那些嚼舌者的闲言碎语。后来布大妈还果真生了一个儿子，就给他取名“麦尔干”。在她的教诲和影响之下，麦尔干成长为一名优秀的护边员，成了继布大妈之后，让全家乃至全乡引以为荣的男子汉。

布大妈一辈子守边护边，一辈子心向中国共产党，投身党的怀抱是她最大的梦想。2007年7月1日，就在党的生日那一天，她终于完成夙愿，成为一名光荣的中国共产党党员。我问她举起右手向党旗宣誓的那一刻心里想的是什么。布大妈说：“我想的是做了一次又一次的美梦终于实现了，听党话、感党恩、跟党走，从今往后我不但要说到，也一定要坚决做到。不光我自己说到做到，孩子们也一定要说到做到。”是的，言传身教，说到做到。从乡人民政府提供的一份名单我发现，布大妈一家有9人是护边员，其中包括她的儿子、女儿、女婿和儿媳。不仅如此，继布大妈之后，二儿子麦尔干，小儿子阿曼图尔，还有布大妈的二女婿依布依拉木，如今也都是党员，不愧是一个光荣的家庭，这种传承甚至开始影响孙子辈。那天我正在和布大妈一家人交流，就看到一个3岁左右的小家伙，身着迷彩服，帽子上一枚红五星，见有人进屋，立刻迎上前去双腿并拢，规规整整一声“敬礼”，动作麻利，声音洪亮，尤其是敬礼姿势有模有样，让人喜欢得不得了。看到我们夸奖小家伙，布大妈的另一个小孙子也坐不住了，开始大大方方展示他的国语水平："爸爸、妈妈、哥哥、姐姐。"字正腔圆，标准好听，我立刻因势利导，现场考核，分别手指着在座的几个人，一一问他都该怎么称呼。小家伙不慌不忙，准确无误做出了回答："叔叔、阿姨、大哥、奶奶。"

就在这一天，我还意外捕捉到两个看似平常，却又蕴含着深意的小镜头。

镜头一：那天在麦尔干家采访进行到一半时，突然进来一个年轻人，手提两个装满水果的塑料袋，一副喜笑颜开的表情，像久违了的亲戚，热情地向布大妈打着招呼："到家里您不在，萨丽肯比说您在这里，我就跑过来了。又有一些日子不见了，两腿恢复得不错吧？"听上去来者和布大妈一家很熟悉，不但知道大妈孙女的名字，还对大妈的手术情况了如指掌，关系肯定不一般。

一问才知道，来者叫居来提·沙迪克，2005—2016年在吉根乡派出所工作，其间经常走亲戚一样到布大妈家做客，并把布大妈当作自己的妈妈。最让居来提难忘的是和布大妈一起巡边的日子，每每看到布大妈途中停下来，一丝不苟刻写"中国石"的时候，他就感动得眼泪止不住往下流。居来提深有感触地对我说："我们就是一家人，如今虽然我已离开吉根乡到铁列克乡边境派出所任职，但是每年都要来看望大妈。我的父母也一样，只要从乌鲁木齐来看我，就一定会去拜访布大妈。"他还说，每当得知布大妈去乌鲁木齐的消息，老两口总是热情地将布大妈请到家里做客，那份亲热劲儿，不是亲人胜似亲人，让左邻右舍羡慕不已。

镜头二：就在那天采访完毕，布大妈和麦尔干夫妇送我们走出大院，远远就看到一个小男孩，一路小跑奔着布大妈而来。小家伙到了布大妈跟前，呼呼喘着气，微笑着，不言不语，将手中的一颗水果糖高高兴兴塞进布大妈手里。布大妈一把将小男孩搂进怀里，亲了亲额头，一边连声说着"热合买提”（谢谢），一边嘱咐儿媳妇回屋拿一个苹果回赠小家伙。可是小家伙不等大妈儿媳妇走进屋就一溜儿烟跑走了。看似平常，却又蕴含深意，一个偶然遇到的小男孩的小小举动，同样让人心潮起伏、过目难忘。

六、护边是一种天职，行善是一种本能

在吉根乡采访期间，我接触了不少人，感受最深是，所有我接触过的人，都为布大妈的精神所感动，都或多或少能讲一段布大妈的事迹，而且潜移默化受到布大妈影响，成为一种内生动力，促使其不断成长和进步。因而用“深入人心”来概括布大妈的影响，一点儿都不为过。

在我走访期间，还听到这样几件事情。一次，一个外地来吉根乡打工的回族妇女，孩子突然得了急症，因手中没有现钱，心急火燎找到布大妈，希望用家传的一块银子兑换成现钱，去医院救治孩子。布大妈像自己的孙子摊上了急病一样，不但不要银子，还给她一块馕，随后翻箱倒柜找出家中仅有的一些钱递到她的手中，让她赶快去医院，感动得回族妇女不知说什么好。后来孩子转危为安，恢复健康，回族妇女带着孩子登门致谢，并说孩子又多了一个柯尔克孜族奶奶，一辈子都不会忘记她的救命之恩。

还有一次，时间是1994年，一个同样是来吉根乡萨孜村打工的汉族孕妇突然要生产，而其丈夫恰巧又去了县城。这个汉族孕妇忍着剧痛，求助当地妇女帮其接生。村里很多妇女生产时都是靠布大妈接生，所以她们就把孕妇带到了布大妈家。双方语言不通，而此时孕妇的羊水又破了。素不相识，民族不同，关键是孕妇的丈夫又不在身边，万一有个闪失，该怎么交代啊！生死关头，布大妈最终还是选择了接生，帮助她顺利生下一个女婴。消息不胫而走，让每一个听到这个故事的人，不得不竖起大拇指，为布大妈点赞。

布大妈的事迹通过新闻媒体报道，产生了深远的影响，一些记者慕名而来，为的是一睹布大妈的风采。2016年，一个摄影记者在夏牧场采风，爬上了一处高山。4000多米的海拔，很多人都会有高山反应，要么胸闷气喘，要么头痛得厉害，更有的甚至躺下起不来了。本来就心脏不太好的记者，突然心脏病复发，吃了药也无济于事，情况十分紧急。布大妈急哭了，说记者是专门为她而来，出现这样的情况让她心里过意不去。情急之中，布大妈让麦尔干他们将记者抬下山，紧急施救。经过不懈努力，记者总算苏醒了，他拉着布大妈的手一再感激地说："没有您，我或许就不在人世了，您是我的救命恩人啊!"

布大妈还是调解员，邻里纠纷、夫妻不和、家庭矛盾，都要找上门来寻求布大妈的帮助。而布大妈总是来者不拒，一律让到炕上，铺上餐桌布，倒奶茶、端吃的。随后晓之以理，动之以情，苦口婆心、循循善诱，最后一个一个，一对一对，都高高兴兴地走了。这靠的是她的人格魅力，靠的是她的社会影响力。我就听一位老牧民这样说："布茹玛汗说的做的都是对的，我们心服口服，都愿意听她的。"

湖北武汉新冠肺炎疫情发生之后，布大妈心急如焚，坐卧不安，每天收看电视新闻。当她看到来自祖国四面八方的医务工作者、部队官兵前往驰援，那么多的抗疫物资源源不断运向疫区，布大妈的心也随之飞向了遥远的武汉。她不停地往村上跑，往乡上跑，打听着如何用最快的速度把捐款送到武汉。2020年1月29日，布大妈最终通过乌恰县红十字会，向武汉捐款1万元，了却了她的一桩心愿。不仅如此，布大妈的女婿苏力坦·图克巴依受她影响，也自愿捐款2000元，表达了一个普通护边员对武汉的一份牵挂和援助。

七、永远忘不了一份社会责任

在吉根乡转一圈，你会发现变化是全方位的。道路是宽敞平坦的，房屋是焕然一新的，自来水是干净清洁的，卫生间是几代人做梦都想不到的，腰包一天比一天鼓起来了。即便是深入偏远地带的高山牧场，你也会发现渠道、桥涵乃至高压线路，都已经配套齐全。最关键的是，人们的精神面貌发生了深刻变化。牧民积极要求向布大妈看齐，争当一名光荣的护边员，热衷集体活动，尤其看重升旗仪式。在振奋人心的国歌声中，注视五星红旗冉冉升起，浑身平添一种向上的力量，从而感受到祖国的伟大和作为一名祖国儿女的获得感、幸福感。

那天在和吉根乡乡长白先拉力的彻夜长谈中，他回顾了全乡发生的翻天覆地的变化。当被问及布大妈在这些变化和发展过程中有过什么作用时，他的回答是很大。比如在改造村容村貌过程中，因受传统思想束缚，很多人故土难离，说老宅院都是祖辈留下来的，动不得，更拆不得。布大妈就现身说法，从而打消不少人的顾虑，配合乡人民政府做好工作，如期完成了富民安居房的建设。

随着牧民生活水平的不断提高，不少人家买了私家车，然而出行却极为不便，究其原因就是收费站要收过路费。一次两次不觉得什么，时间久了就会有想法，毕竟从吉根乡去县城是必不可少的事情，来来回回重复收费，牧民肯定受不了。布大妈通过人民代表大会、政治协商会议多次呼吁，这个困扰老百姓的问题终于解决了，父老乡亲都很高兴。

乡长告诉我，这些年国家加大力度投入边防建设，铁丝网、专用电话线一应俱全，尤其一大批护边员的补充扩容，让边防线形成一道牢不可破的防护墙，守卫着祖国的安宁。

八、影响力辐射至接触到的每一个人

吉根乡乡长白先拉力是2017年到乌恰县吉根乡的。他的爱人在阿合奇县畜牧兽医局工作，家里有3个孩子。夫妻两地分居，家里的所有事情就靠爱人。他一心一意以吉根乡为家，每天忙忙碌碌。尤其疫情期间，他全身心投入，一次家都没有回过，手机24小时不关机，人瘦了一圈。

我问他后不后悔来吉根乡工作。他笑着说，也苦，也累，但不后悔，因为这点苦和累，与布大妈50多年坚守边防线相比不值一提，算不得什么事。他说每每看到布大妈，听到她谆谆教诲，浑身就会产生一种神奇的力量，让他心无旁骛，撸起袖子加油干，从而觉得受苦受累实际上是在积累人生财富，不由得豁然开朗起来。

乡党委书记陈邹凤，一个干练泼辣的重庆妹子，和爱人杨树钱一同从北方民族大学毕业，2017年一起来到乌恰县。这引起了我的注意，于是我开门见山地问她，是什么动力让她选择来新疆，而且还是到如此遥远的吉根乡。

"好儿女志在四方，我想在有生之年出去闯一闯，干一番事业。之所以选择新疆，是因为那是我的青春梦想。新疆有吸引人的高山大漠、绿洲草原、瓜果美食、人文风情，这里生活着热情好客的各族群众，能够置身其中，感受别具风采、独具魅力的大家庭生活，是一种难得的人生体验。"看上去稚气未脱的陈邹凤，忽闪着一双乌黑发亮的大眼睛，充满信心地对我说，语气坚定，态度真诚。

陈邹凤先任吉根乡党委副书记，主持工作，2019年任党委书记。第一次上边防线就是她任职的那一天，到了边防线，她才真正感受到祖国的伟大。她到吉根乡的时候，正在开展"民族团结一家亲"活动，她就与两户人家结了亲，其中一户就是布大妈家。她说："布大妈对她很好，给了她无微不至的关怀。平常上山，陈邹凤喜欢穿布衫和迷彩服，显得很单薄，布大妈就非要她穿上厚衣服，不穿不让走，就像一个妈妈一样呵护着她。尤其当布大妈知道她怀孕后，特意为她赶制了一件驼绒毛衣，亲自帮她穿在身上。"穿在身上，暖在心上，让我永生难忘。"陈邹凤说。

陈邹凤还告诉我，不上边防线，永远体会不到布大妈的艰辛和坚守。因为边防线风大雪大，雪下到脖子里冰凉冰凉的，让人瑟瑟发抖。一天下来，裤子和鞋子都冻得硬邦邦的，人感觉像散了架一样。然而就是布大妈的巡边精神一直鼓舞和激励着陈邹凤，让她坚持走遍边境线的每个点和所有村落。她还给我讲了这样一件事，说这是她巡边时最难忘的一次经历：当时她怀着孕，骑马走在队伍最前面，马队后面的刘副书记担心她出状况，就开始追她，然而当她听到马蹄声由远及近，回头看时，却发现马背上的刘副书记不见了。赶上来的护边员说："陈书记，刘副书记'塔什浪了'。""塔什浪了"在柯尔克孜语中，就是人没命了的意思。这还了得，陈邹凤吓得头发都奓了起来，结结巴巴大声喊着让人去找刘副书记，急得眼泪都下来了。原来跟上来的刘副书记，一不小心从马背上摔了下来，滚入山沟里去了。好在只是受了伤，人又年轻，躺了几天就没事了。

陈邹凤说："我遇到一次这样的险情就吓得魂不附体，好多天恢复不过来精神，而布大妈50多年天天如此，那需要多么顽强的意志、高尚的品质呀！"她总结了这样四点：信念、坚持、传承、升华。

帕米尔·阿斯力别克是吉根乡护林员。引起我注意的是，他还有一个身份——本土诗人。他工作之余写了不少诗文，是新疆作家协会会员。

帕米尔·阿斯力别克告诉我，最早他是从奶奶那里知道布大妈的事迹的，一提起布大妈的名字，奶奶总是赞不绝口，言语中充满着敬佩。而他从1992年第一次到布大妈家开始，就切身感受到布大妈是一个非常了不起的人。“对祖国的那份爱，不是挂在嘴上，而是付诸行动，风风雨雨几十年，护边守边不动摇。吃了多少苦，默默无语的群山最清楚；遭了多少罪，哗哗流淌的河水是见证。风雪冬古拉玛，穷尽一切艰难险阻，磨砺和考验布大妈50多年，而布大妈则用磐石一样的顽强意志，义无反顾、不屈不挠坚守了50多年，其本身就是一个奇迹。”帕米尔用诗一样的语言动情地说。

“从小我就从课本上知道了刘胡兰、董存瑞、雷锋等英雄人物，他们至今都是我学习的榜样。而布大妈则是我们身边的典型，她的事迹就发生在我们身边，影响最直接，感受更深刻。”

帕米尔对我说：“别看我就生活在吉根乡，也曾多次上过冬古拉玛，但感觉还是很艰辛。偶尔为之还可以，长年累月肯定吃不消，会打退堂鼓。在山上拉边境线铁丝网的3多月经历，就让我有一种脱胎换骨的感觉。天气多变、雨雪侵袭、寒风刺骨，一天下来腰酸腿疼、身心疲惫，人累得话都不想说，吃饭也没有胃口。然而当布大妈出现在工作现场，拄着拐杖问我们‘苦不苦、累不累’的时候，浑身陡然平添了一种力量，干劲又回来了。是啊，3个多月，自己和自己比，可能时间长一些，可是和布大妈的50多年如一日相比，那又算得了什么呢？简直不值一提。”

高成，2003年入伍，在斯姆哈纳边防连服役16年，当了13年班长，转业至吉根乡工作。我在吉根乡采访期间，就在乡职工食堂吃饭，多次和高成同坐一个桌子，一边吃饭，一边聊天，一来二往就熟悉了。

高成2003年12月4日到克州，当时条件差，他很不适应。在新兵连的前几个月，他很想家，不想待了。之后他被分到斯姆哈纳边防连，第一次骑马巡边以后，他的思想就开始转变，并由此与边防连结下不解之缘，深深爱上了这里的一山一水、一草一木，而且一待就是16年。高成说骑马巡逻没有路，山体纵横，高不可攀。从吉根乡骑马到冬古拉玛山口，要住上两晚上，再从1号山口巡逻到6号山口，又是四五天，出去一趟就得半个多月。

马背上驮着边防战士，战士身上背着装备和行囊，吃的也很简单，压缩干粮、方便面、榨菜，一日三顿，天天如此。高成说他第一次巡逻，人几乎脱了一层皮，瘦了一大圈。

高成2006年开始当班长，身上的担子一下子加重了。山路马也不好走，注意力必须时刻保持高度集中，稍有不慎就会人仰马翻。山里的天气反复无常，刚刚风和日丽，转眼大雨倾盆，而且雨中总是夹杂着飞雪，甚至冰雹。虽说身上有雨衣，但腿和脚都露在外面，都冻得麻木了。然而在这最困难的时候，布大妈一家总会一如既往地来迎接我们，扶我们下马，将我们请进毡房，嘘寒问暖、烧水沏茶，一边忙着做好吃的，一边来回在各个毡房给我们烘烤衣服和鞋子，那种就像回到自己家里一样的幸福感，没有亲身经历是很难体会到的。特别是浑身湿透、裹着被子还冻得直哆嗦的时候，看见布大妈家专门给我们宰羊，用柯尔克孜族的最高礼节款待我们，真是感动极了。当香喷喷的羊肉吃进肚里，热腾腾的羊肉汤灌进肠胃里，感觉美极了。

高成说："布大妈热爱祖国，心系边防，那种情感就像她刻在石头上的'中国'二字，已深深埋藏在她的心底。我们官兵守边护边，一茬接一茬，来了又走了，走了又来了，接力棒一样传递着。虽说我待了16年，但是和布大妈相比，还有很大的差距，或许基于这种原因，促使我脱下了军装后选择留在吉根乡。"

也就是在高成的引领下，我又专程赴斯姆哈纳边防连进行采访，分别与其中的三个战士进行了交流。交流中除了谈自己在边防连的收获之外，三个人不约而同地说到了布大妈，而且都说从布大妈身上学到了什么叫作忠诚和坚守。

黄正涛，2009年来到边防连，也算一个老兵了。他对布大妈的评价是：像爱护自己的眼睛一样爱护民族团结、军民团结。每次和布大妈接触，从她的面部表情、肢体语言，都能真真切切感受到他对子弟兵的关心和厚爱，让人从内心深受感动。

陈建基，2014年9月到边防连。他说第一次见到布大妈是在边防连“军民鱼水一家亲”的篝火晚会上，她就像一位久违的老妈妈，不停地和边防连战士打招呼，慈祥、热情、善良，虽说言语不通，却一点也不影响她对边防连战士的那种特殊感情。

卢恒祺，2016年来到边防连。他说看到布大妈就像看到老家的老奶奶，极具亲和力，虽然听不懂她说什么，但通过布大妈的比画，他还是能明白其中的意思，那就是边防线很长，山很大，路不好走，一定要照顾好自己。

九、去往冬古拉玛山口，上了最生动感人的一课

布茹玛汗初心不改，守边护边，用50年的奋斗历程书写了可歌可泣的篇章，鼓舞和影响着成千上万的人们，是一个标杆，一面旗帜，一座丰碑。而我这一次专程到吉根乡采访她，最大的心愿就是想沿着她老人家的足迹，登上4000多米的冬古拉玛山口，亲身体验在帕米尔高原守边护边到底是一种什么样的感觉。

然而当我将这个想法告诉布大妈的时候，她却坚持要和我们一起上山。我们怕她身体受不了，不同意她上山，老人家却坚持要去，而且语气愈发坚决。我们感到为难起来，78岁高龄，双腿膝盖做过手术，最近右手腕又摔骨折，去一趟冬古拉玛山口，坐车来回需要一天的时间，而且万一布大妈有什么闪失，我们交代不了。无奈之下，我只好这样劝她：“大妈，你年龄大了，身体又不好，你上山，我们放心不下！”“你们不放心我放心，出了什么问题，我自己负责！”布大妈的眼睛直直盯着我，手中的拐杖“咚咚”敲着地面，一脸严肃。

我们一行6人，分乘2辆汽车，终于向着冬古拉玛山口进发了。布大妈

坐在儿子麦尔干的皮卡车上，在前面带路，我们和乡长一起跟在后面。雪山看似就在不远处，可是“望山跑死马”，走了很长时间，也到不了跟前。一路都是沿着一个又一个峡谷行进，从车窗向两边看全是山，高不可攀、连绵不断，一眼望不到山顶。一条湍急的河流，一会儿在山的这边流淌，一会儿又跑到山的另一侧蜿蜒而去。不难想象，融雪季节和洪峰到来之时，想从河的这一边到那一边，根本不可能。布大妈后来也告诉我们，水流猛涨的时候，冲走一匹马或者一头牛都是常有的事。

山上光秃秃的，石壁、陡崖、高坡和险峰，时不时互为转换，植被很少，尽显荒芜。而沟底则是另一番天地，白杨、柳树、胡杨在河边生长茂密，绿树成荫，一丛丛的刺梅和沙棘连成一片。头上不时有鹰在盘旋，稀稀拉拉有牛羊和马匹出没于沟谷和林间，接近冬古拉玛雪山时，三五成群的牦牛映入眼帘，它们很怕生，看见汽车经过，远远地跑着就躲开了。

道路则从一开始的柏油路，到沙土路，再到疙里疙瘩的石子路，然后是崎岖蜿蜒的盘山路，从沟底到半山腰，往下一望，就像巨蟒一样攀缘而上，看得人头晕。路越来越不好走，汽车颠簸、摇晃。半路上有一处叫“摔死骆驼”的地方，一边是巨大高陡的石墙，一边是望而却步的悬崖，因为地势的原因，容易造成冰雪封路。宽七八米，长十几米，又是一个斜坡，即使技术娴熟的麦尔干驾驶着皮卡车连着试了好几次，车轮胎打着滑，还差一点滑到坡下面的流水中。好在前方执勤点提前得知我们上山的消息，已有几个护边员带着镐头在那里等候。于是开始轮流挥镐破冰，我也试着挖了几下，然而气喘得不行，乡长便接过镐头继续挖冰。就在此时，我猛然发现布大妈不见了，回过头再一瞧，她老人家已站在石墙下，手握一块石头，正在认认真真、一笔一画地书写着她一生当中已经写过千遍万遍的“中国”二字。黄色石墙，白色字体，就这样再一次在边境线上留下了永久的印迹。

就在我不由自主抓拍这感人一幕时，布大妈则整理了一下披在身上的蓝色披肩，眼含着热泪，望着远方，阿肯一样吟诵了起来：

我们的故乡在边疆
白雪覆盖高山闪银光
峡谷淙淙流水像鸟儿欢唱
草地茵茵牛羊壮
护边员精神抖擞守边防
幸福生活全靠共产党
巡逻在边防线是我们的第一愿望
家中事放在次要位置理所应当
有了这份责任我们心花怒放
赞美这美好的日子就要大声歌唱

如花岁月时我也是头发乌黑漂亮
瀑布一样被风吹动飘落在肩上
眉毛像弯月，眼睛泉水一样
就是这样一个美丽的姑娘
吸引着小伙子们追求的热烈目光
现在我头发白了，皱纹爬满脸庞
腰身也躬了，手还拄着拐杖
但我一点都不感伤
因为我美丽的青春没有献给帅巴郎
而是永久献给了生命一样的边防

这是布大妈埋藏已久、发自肺腑的心声，让我心中翻江倒海，泪水顺着脸颊不停往下流淌。50多年风风雨雨艰辛岁月，50多年无怨无悔痴心坚守，从貌美如花的大姑娘，到儿孙满堂的老太太，靠的是一种可歌可泣的伟大精神的支撑。

与其说我是冲着布大妈这个人而来，倒不如说我是冲着布大妈的精神而来。当我们到达冬古拉玛执勤点时，因前方车辆无法通行，就让布大妈和其他人在屋内喝茶休息，我坐上护边员的摩托车，继续前行。山上白茫茫一片，草甸子上也被厚雪覆盖，摩托车忽左忽右、忽上忽下，不断在不停颠簸中择路而行，好几次几乎滑倒，我只能死死抱住护边员的后腰，咬着牙，缩着脖子，将头埋在其后背上，一截一截向边防线靠近。然而再向前，摩托车也无法行进了，我们只好步行继续往前走。

多年以前我有过去西藏的经历，所以这次在上山之前，我已有心理准备，服了速效救心丸。然而毕竟上了岁数，2015年又做过一次手术，走着走着就感觉不对劲，心跳加速，头晕眼花，我急忙原地坐下来，又服了一次药。不一会儿身体逐渐平复下来，却又不敢贸然前行，只好遗憾地仰望着前方的冬古拉玛山口。云山雾绕、视野模糊，想到去看布大妈那些精心雕刻的“中国石”的愿望可能要落空，我干着急却又毫无办法。

可是就在此时，回头远远一望，麦尔干正挥着手，一步一步向我们靠近。不一会儿麦尔干就到了眼前，二话不说，搀扶着我向一处溪流经过的小水沟走去，到了跟前低下头指着一块青石对我说：“大哥，你看！”我赶紧蹲下身子一瞧，就是我朝思暮想的“中国石”。字迹那么清晰，那么赫然醒目。我不顾一切扑下身子，趴在地上，一边上下左右打量着这块“中国石”，一边不停地用手机拍照。这不是一块平常的石头，而是布大妈50多年心血最具代表性的见证，更是布大妈对祖国山一样高、海一样深的感情写照。如果说一座座毡房就是一座座流动的哨所，一个个护边员就是一个个活着的界碑，而一块块镶嵌在祖国边防线上的“中国石”，就是一块块永久抹不去的醒目标记，深深扎根在人们的心中。

十、一首阿肯弹唱，献给布大妈，献给伟大的祖国

柯尔克孜族是创作了英雄史诗《玛纳斯》的民族，文化传统中最具典型性的就是阿肯弹唱。那种激情澎湃、即兴而起的优美弹唱，既饱含浓厚的民族情感，又富有与时俱进的时代特点，是人们喜闻乐见的一种形式。我突发奇想，何不让吉根乡本土阿肯一展歌喉，听听他们会如何唱出自己心中的那个布茹玛汗·毛勒朵。

就在我即将离开吉根乡的前一天的黄昏，在乡人民政府对面的草坪上，一个骑着摩托车而来，怀抱库姆孜琴的年轻阿肯麦麦提艾力·吾斯木，精神抖擞、情真意切地弹唱起来：

我们阿肯为布大妈的不凡事迹所感动
宣传她、歌唱她是我们义不容辞的责任
50多年风风雨雨不知苦和累
一心一意坚守边防线
靠的是百折不挠的可贵精神
年轻人谁没有宝贵的青春
自愿护边守边却是她最美丽的行动
一生书写最伟大的篇章
天上的太阳光辉普照
为了布大妈守边，也来顺延落山的时辰
这就是感天动地的神奇力量

实际上就是对布大妈的一种赞美和歌颂

布大妈去首都北京
见到了敬爱的习总书记
和习总书记手握着手
领受了至高无上的荣誉
布大妈给吉根乡带回了金色勋章
这是父老乡亲最大的幸福和荣光
更是我们萨孜村百年难遇的
一次最欢乐的喜讯
一辈子忘不了啊
世世代代吉根儿女记得最最清
布大妈和习总书记握过的手
一遍一遍抚摸着我们的额头
让我们沾了福气
也让党中央的亲切关怀
送达到我们牧民的心中
敬祝布大妈安康长寿
祝福伟大的祖国欣欣向荣

移动的界碑

张玉波

最长情的告白是陪伴，最深沉的爱国也是陪伴，陪伴国家的边境寸土，直到白头。

——题记

深秋的萨尔布拉克草原一望无垠，枯黄的草在劲风中舞动，夕阳快要沉入地平线，晚霞把西边的天空染得通红，让这片人迹罕至的草原绚丽多彩。

就是在这样一个傍晚，我们站在一排低矮破旧的平房前，焦急地向草原深处的方向张望，盼望早点见到那位巡边尚未归来的平凡而又伟大的守边老人魏德友。

原本我们此行是为了拍摄位于塔城地区裕民县的小白杨哨所，在哨所采访中得知，栽种小白杨的锡伯族战士程富胜与守边模范魏德友老人认识，当年还常有来往。

魏德友老人近几年才走进人们的视野，成为家喻户晓的守边模范。特别是2018年以来，作为新疆公安边防总队塔城边防支队吉也克边防派出所群众护边员的魏德友，他的先进事迹在中央电视台、新华社、新疆电视台等40余家媒体持续报道，新华网、人民网等90余家网络对其事迹进行持续转载，网络点击率超3000万次，五大城市户外大屏、地铁移动电视不间断播出其事迹，网友以刷屏的姿态通过微信、微博等移动客户端点赞转发，传递为国戍边正能量。

一名普通的护边员，一个倔强而忠厚的山东退伍老兵，在祖国的西陲边关，在中国、哈萨克斯坦边境线上，默默巡守了56年。

魏德友老人的事迹在感动无数国人的同时，荣誉也接踵而至。2017年11月，他当选为第六届全国道德模范；2019年7月，他被表彰为全国模范退役军人；2019年9月，国家授予他“最美奋斗者”称号。

当我们知道魏德友老人的居住地距离小白杨哨所不到50公里后，大家就急着驱车去看望英雄，追寻他的足迹，学习并传承他的精神。

我们的车沿着蜿蜒曲折的土道驶进萨尔布拉克草原深处，一排简陋的平房孤零零地立在空旷的草原上迎接我们。我们和魏德友的妻子一起在门口盼望着魏德友的归来。

直到傍晚，在晚霞烂漫的天空下，在如麦浪般起伏的草原上，一个穿着迷彩服的人，拄着一根木棍，脖子上挂着望远镜，虽然身体微微驼背，但步履坚定地向我们走来。

一

魏德友，为了一个承诺，足足用了一生的时间来兑现。

1964年，在北京军区服役的山东沂水籍战士魏德友，和战友即将服完兵役，面临退伍还乡。

战友问魏德友：“你退伍准备去哪里？”

魏德友毫不犹豫地说：“我要响应党和国家的号召，到祖国最需要的地方去。”

这句话成了魏德友的一个承诺。

转眼就到了复员退伍的时候，部队号召退伍战士到祖国最需要的地方去，到边疆去守边卫国。

男子汉大丈夫一诺千金。魏德友积极响应号召，毫不犹豫地报名到新疆去。

就这样，24岁的他与30多名战友转业到新疆生产建设兵团，通过放牧的方式巡边护边。

他们怀揣着为祖国边防事业奉献青春的梦想，在绿皮火车几天几夜的漫长行进中，在火车与铁轨有节奏的咣当声中，在《毛主席的战士最听党的话》的嘹亮歌声中，一路向新疆奔去。

在乌鲁木齐下了火车后，魏德友他们又坐着汽车辗转两三天，到了位于塔城地区裕民县萨尔布拉克草原的新疆生产建设兵团一六一团。

魏德友被分配到一六一团兵二连。到了连队，分配给魏德友的日常工作就是在边境线上一边巡逻，一边放牧。

从此，他开始了漫长的屯垦戍边生涯。

"萨尔布拉克"，哈萨克语意为"盐泉"。因为土地盐碱化严重，这里草木不生，虽叫草原，实为一片戈壁荒滩。这里冬季狂风肆虐，暴雪深达1米多，夏季蚊虫猖獗，当地人戏称"十个蚊子一盘菜"，条件十分艰苦。

20世纪60年代，边境形势十分严峻，巡边线某种意义上就是国境线，退一步或进一步都关系到领土主权。他和战友们同守边牧民一道，坚持通过放牧的方式捍卫领土，与手握钢枪的外国士兵面对面也不曾后退。

在如此荒凉、如此遥远的边境地区放牧守边，遇到过许多困难，魏德友都克服了，他心里只有一个信念：这块国土得有人守。

工作之余，最难耐的是孤寂中对家乡亲人的思念。他决心要把根扎在萨尔布拉克，这是他的诺言，也是他的责任。他想，也许有个家，把家安在这里才是真的扎下根了。

其实，魏德友在山东老家的家人给他介绍了一个对象。姑娘叫刘京好，白皙肤色的瓜子脸上有着一双水灵灵的大眼睛，姑娘长得亭亭玉立，魏德友一眼就看上了。刘京好也对曾经是解放军战士的帅气小伙魏德友比较中意。

刘京好从魏德友的叙述中，认为萨尔布拉克草原辽阔苍茫，牛羊肥壮，再加上魏德友的帅气，是她心仪之人，便有了一种美好的憧憬。

1967年，魏德友回了一趟山东老家，商量结婚事宜。女方家既认可魏德友，也深明大义，支持魏德友响应党的号召建设边疆。

刘京好的大姐支持妹妹，她说："三妹，你跟着他走吧，好好过日子。"

就这样，魏德友带着刘京好踏上了西去的列车。

千里进疆路，愈行愈荒凉。火车换汽车，汽车转驴车，在数天的颠簸后，他们来到了萨尔布拉克一六一团兵二连。

当刘京好看到眼前荒凉的环境，看到他们即将入住的"婚房"——一个从戈壁滩平地挖出来的地窝子时，她愣怔在那里。

苍凉艰苦的环境，艰难困苦的生活，没有人烟的住所，无边无际的孤寂，让刘京好这个山东姑娘再也忍受不了了。一个月后的一天中午，刘京好干完活儿就径直回了家，把衣服打个包袱，扛上就走。她不知道自己该去哪儿，只想快快离开荒凉的萨尔布拉克。

魏德友从地里回来，看见家里乱糟糟一团，妻子的衣服全都不见了，他立刻追了出去。他十分着急，他知道在这片大荒漠上，不是靠人能够走出去的，而且随时有出没的狼群，很危险。

魏德友向着唯一出连队的小路一阵狂奔，一刻也不敢耽误，大约追跑了40多分钟，远远望见妻子的身影，一边喘气一边大声喊："你往哪儿跑？有狼呢!"

"他还真唬住我了，我没再继续走。"忆起年轻时的那次出走，刘京好忍不住笑了，“后来，他追上来，连拉带哄带劝，把我又带回了家。”

经过生活的沟沟坎坎，刘京好终于适应了这里，她爱魏德友，心疼魏德友，再也不忍心把心爱的丈夫一个人留在这里。

一个家就这样深深地扎根在千里边防线上。

二

当祖国最需要的时候，魏德友与战友们一起，沿着边境线放牧、种地，肩负起巡逻守边任务，在辖区构筑起长达20公里的“移动的界碑”，用生命守护着祖国的领土。

1969年，中苏边境事件频发。魏德友参加了一六一团“铁牛队”行动，在塔斯提河南岸紧握钢枪与苏军对峙了三天三夜。

在萨尔布拉克巡逻，不时与苏军擦肩而过，时时都能闻到火药味。

那年寒冬的一天，天空飘着雪花。魏德友身背着步枪，骑马沿着没有标记的争议区放牛。忽然，他听到一阵轰鸣声，抬头看见一架飞机在上空盘旋。

他迅速隐蔽观察，气温零下30多摄氏度，他趴在雪地里一动也不动，死死地盯着盘旋的飞机，心想如果飞机敢向境内飞越，他就用枪射击。最后飞机绕了好多圈飞走了。

他立即在飞机盘旋区寻觅可疑迹象，结果发现了几串大脚印。他立即将这一情况向连队报告。连长率民兵对可疑区域进行地毯式搜索，直至天亮，将可疑人员逼退回边境线以外。

魏德友在放牧巡边中经常会遇到危险，有几次差点丢掉性命。

一年冬天，魏德友像平时一样出去巡边，准备返回时突然遇上了暴风雪。

由于风太大，马只能侧着头走，很快便迷路了。他以常规判断，顺西风移动兴许有一线存活的希望。于是，他赶着羊群在风雪中艰难前行，寒风穿透皮大衣，靴筒里漫进了雪，汗水浸透的衣服结了冰，像盔甲般越来越重。

6个多小时过去，仍然看不到尽头，筋疲力尽的他看着白茫茫的雪野，几近绝望。就在这时，他突然看见远处有微弱的亮光，于是赶忙掏出随身携带的应急手电筒，竭力地向亮光方向不停摇动。

对面发现了微弱手电筒光亮的边防战士，正是来找魏德友的队伍，他们迎着风雪快速找到魏德友。战士们的营救让他逃过一劫，团场的羊一只也没有少。

大漠上一年四季都有风，最可怕的是冬季的暴风雪时节，每次巡逻都有可能遇上意想不到的危险。

一次，魏德友骑着马巡逻，走一天了，马也累得没有多少力气了。天逐渐黑了下来，风越刮越大，体力不支的马没有力气逆风而行，风向西刮，它就随风西行，魏德友只能下马往东拽马，这样三转两转，把魏德友也转迷了方向。

此时，天又下起了大雪，雪越下越大，风越刮越猛，魏德友在暴风雪中被困了5个多小时。魏德友很着急，可是越着急越走不出来。边防派出所得知巡逻的魏德友没有回来，紧急派了几名战士，费了好大的劲才找到他，把他救了回来。

更多的时候是妻子刘京好举着手电筒顶着风雪，扯着嗓子把魏德友喊回来的。

20世纪末，中国、哈萨克斯坦开始实地勘界、划界、定界。兵团人坚持在边境线上种地、放牧，为两国和平解决争议土地问题提供了大量有力的依据。

2003年中国、哈萨克斯坦国界勘定，在划归我国土地的确权会议纪要中有这样一段表述："经过各有关方面的协同配合和艰苦工作，完成了中哈边境15个争议地段的界定工作，其中包括巴尔鲁克山区域内310平方公里……是中国的领土。"这310平方公里，是我国屯垦戍边史上光辉的一页，是像魏德友这样的兵团人用鲜血和生命写就的忠诚。

三

魏德友是一个对工作极端负责的人，对那些偷越国境、非法在边境地区活动的人毫不留情，这就得罪了一些人，他们伺机报复魏德友。但魏德友刚正不阿，坚持斗争，从来都没有退缩过。

一年夏天的深夜，有人药死了魏德友家的狗，并悄悄把羊圈门打开，把300多只羊赶到狼群出没的山下。这些羊都是国家财产，绝不能让国家财产遭受损失。夫妻俩把年幼的孩子反锁在家里，到山野四处寻找。

很长时间不见爸爸妈妈回来，二女儿魏萍就带着妹妹翻窗出去找爸爸和妈妈。在空旷的草原上，两个孩子跌跌撞撞，摔倒了爬起来，身上多处被尖石、枯草划伤。

当两个孩子好不容易见到父母时，魏德友和刘京好吓了一大跳，因为这个地方有狼。看着孩子们被牧草碎石割破的手和脸，看着山坳里被狼群咬伤咬死的260多只羊，刘京好再也忍不住大哭起来。

还有一个深夜，牧羊犬突然汪汪狂叫，惊醒了魏德友。他迅速穿衣起来，发现他放牧的羊群已被人赶出羊圈。在漆黑的夜里，魏德友打着手电筒，四处寻找羊只，忙了一夜，收拢后的羊群竟然少了36只。为此，魏德友难过了好长时间。

在一个雾天里，有人趁魏德友不备冲散羊群，使边防站的羊丢了30只，最后魏德友自己掏钱买羊补上。

妻子哭着说："咱们还是搬家吧！"

可魏德友并没有因此而退缩，倔强的他依旧日复一日，以放羊为生，坚持巡边。

四

种地就是站岗，放牧就是巡逻；一个护边员，一座"活界碑"。

魏德友从1964年转业到萨尔布拉克草原边境，至2020年已经整整56年了，通过放牧巡逻，他一直坚守在这空旷的大草原。

萨尔布拉克草原地势平缓，边境前沿缺少天然屏障，除了哨点的边防军队，护边员的巡查起到至关重要的作用。特别是春秋两季牧民转场，草原上33处放牧点的牲畜达上万只，为防止人畜越境，魏德友一刻都不敢放松。羊来了、牛来了，他去挡；人来了，他去劝；车来了，他就连挡带劝。

这里夏天炎热，热到40多摄氏度；冬天寒冷，冷到零下40多摄氏度。每天的清晨或傍晚，魏德友要来回走10公里左右的牧道去边境线，看有没有人员经过的痕迹，到牧民留下的房子查看情况。

在巡逻的生涯中，陪伴魏德友最多的就是收音机。

魏德友脖子上总挂着一台黑色收音机，收音机掉漆的地方锈迹斑斑，坑坑洼洼的摔打痕迹记录着岁月的磨砺。

对这个不抽烟、不喝酒的老人来说，收音机是除妻子刘京好之外的另一个"老婆"。放羊的时候，巡边的时候，种菜的时候，收音机都不会离身。

"除了睡觉，其他时候都开着。"草原上信号不稳定，只能搜到4个台，但有新闻、能听歌，魏德友就已经知足了。

草原风大，夹带着沙土，收音机特别容易坏。从1964年至今，魏德友整整用坏了50台收音机。

年代不同的50台收音机，是魏德友56年守边历史的见证。

一根放牧的羊鞭，一架望远镜，一台收音机，一辈子待在边境线上。

半个多世纪来，从青春年少到满头白发，魏德友义务巡边近20万公里。他向边防派出所提供各类信息9000余条，劝返和制止临界人员千余人次，堵截临界牲畜万余只，未发生一起涉外事件。

2003年，中国、哈萨克斯坦两国边境界碑、围栏设立，国防公路贯通，魏德友成为连队唯一见证这一庄严时刻的人。那一刻，他抚摸着中国173号界碑泪流满面。

在魏德友取得荣誉的背后，不仅他自己付出了一生，他的家人也付出了很多。

“阿姨，你这手是怎么回事?”我们在采访中看到刘京好变了形的手指，忍不住问她。

“生孩子的时候受凉了，灌了凉水，关节变形肿大，疼得很。”操着一口山东话的刘京好告诉我们。

“当时谁来照顾你?”

“哪有谁，没有人照顾。你叔叔在二连工作，他对工作认真负责，咱要支持他。”刘京好自豪地回答我们，我们的心里却酸酸的。

因为常年在萨尔布拉克草原上放牧巡边，魏德友和老伴把孩子都送到了离家30公里以外的团部上学。每到寒暑假，孩子们得翻山越岭，从团部走回家，风雪连天的冬季，每回一次家都是一场生死考验。

“从团部到我们家的路特别难走，那时候我个子小，雪最深的地方没到了大腿，我好多次是从雪堆里爬出来的。”魏德友二女儿魏萍告诉我们。

魏萍带着妹妹，又饿又渴，深一脚浅一脚，吃力地挪着步子。

“天气寒冷，我和姐姐走不动了，就靠一块话梅糖坚持着，自己都不知道怎么回来的。见到我妈的时候，我的眼泪一下子就掉下来了。当时我就给妈妈说，是一块话梅糖救了我和姐姐的命，我觉得那时候真的差点回不来了。”魏德友小女儿魏霞说。

“那时候害怕牲畜越界，总是离不开，我经常暗自流泪，觉得我对不起她们，人家的孩子什么都有……”说到孩子，魏德友哽咽了，眼睛里泛着泪花。

50多年来，魏德友只见过母亲一面。父亲和母亲临终时，他都因大雪封山没能回去。

魏德友没给妻子买过像样的东西。妻子能给老魏的，也就是缝上几十双布鞋。妻子说：“结婚50多年了，当初承诺了相伴到老，就没有理由再走。”

几十年如一日，孩子们过得苦，魏德友和妻子过得更苦。

萨尔布拉克草原地势狭长，是西伯利亚南下冷空气的必经通道。一到冬天，这里便大雪封山。

在每年还没有下雪之前，魏德友就把面粉、清油、大米买好，把自己种的萝卜、白菜、土豆等放进自己挖的菜窖里储存，以备过冬之用。

孩子都大了以后，老两口吃的大米、面粉、清油都是小女儿翻越几十公里的牧道送进来的，喝的则是门口井里打出来的又咸又苦的盐碱水。

魏德友所在的一六一团兵二连被裁撤后，许多人搬走了，草原变成了“无人区”。

魏德友可以被分配到离城市更近的连队，但他却怎么也不走，主动留了下来，还借钱买了3头牛、20只羊，靠放牧牛羊养活一家人。组织多次派人劝他离开，他就是不愿意。说到底，他是不愿离开萨尔布拉克的草原。

他留下来当边境信息员，继续放牧巡边，过着“家住路尽头，放牧就是巡逻”的生活。

2002年从兵团退休的时候，魏德友每月能领到将近3000元的退休工资，加上妻子刘京好的2000元，足够老两口安享晚年。

为了让他们生活得舒服，孩子们给他们在附近县城买了楼房，可他们说什么也不走，那套房子他们一天都没有住过。

在山东工作的孩子每次回来都劝他们回到老家去，他们就是不愿意去。孩子们又劝他们搬到一六一团去住，医疗和生活各方面都比较方便，老两口还是不去。

魏德友说："我在这里这么多年了，待惯了，哪里都不去。"

其实，到了古稀之年的魏德友，身体的毛病也多了起来。2012年，他突发脑梗死，妻子把他送进了医院。可魏德友在医院坐卧不安，病情稍有好转就溜回了萨尔布拉克草原。

我们来到魏德友家，这是一间孤零零矗立在草原的土坯房。走进去，用报纸糊的"天花板"已经泛黄，一张木头桌子歪扭地立在坑洼的泥土地面上，家里只有4张凳子，来人多了只能坐床上。房子里没有通常的照明电，窗台前的太阳能发电机每天只供2个灯泡的短时间照明和手机充电。除了收音机和手电筒，房子里再也看不到其他电器。

如此俭朴生活条件下的长期坚守，让人心生崇敬。令人欣慰的是，在他们土坯房的旁边，我们看到了正在装修的一排新房子，这是政府专门为他们修的新居及工作站。

在我们即将告别时，我们劝两位老人离开，回城里享享清福。

魏德友老人说："我入党40多年，承诺了在这里守一辈子，就不可能再变。只要能动，我还要坚守，直到生命最后一刻。"

刘京好老人也说："党和国家号召我们到祖国最需要的地方，让我在这里巡边，那我就在这里干下去，永远待在这里。"

这是多么质朴而又伟大的一对老人啊！

好在他们的二女儿魏萍知道劝不回父母，便辞去山东的工作回到草原，接过父亲的羊鞭继续放牧巡边，同时也照顾两位老人。

对魏德友老人而言，家和国不可分割，屯垦戍边、保家卫国的种子已融入他和妻子的血液中。

种地就是站岗，放牧就是巡逻。界碑就是国境线，魏德友和边防战士就是活着的界碑。

西陲戍边半世纪，我伴寂寞守繁华。

初秋时节，萨尔布拉克草原一望无际，护边员魏德友带着二女儿魏萍像往常一样甩起羊鞭，赶着羊群穿行在草原上，并不时举起望远镜观察远方。他继续坚持着半个多世纪以来做的一件事——为祖国戍边。

不忘初心，身体力行；烈士暮年，壮心不已！

一腔热血挥洒故乡土地

——追记勇斗暴徒献出生命的和田地区皮山县公安局副局长
艾热提·马木提

张 弛

2019年是中华人民共和国成立70周年，为纪念70年来为国家强大、民族复兴和人民幸福而做出重大贡献、付出巨大牺牲的英雄模范们，国家表彰了一批功勋人物。2019年9月17日，国家主席习近平签署主席令，追授新疆维吾尔自治区和田地区皮山县公安局副局长艾热提·马木提“人民英雄”国家荣誉称号，号召全国广大党员干部向他学习。同年9月25日，艾热提·马木提又荣获“最美奋斗者”荣誉称号。

艾热提·马木提在皮山县这个反恐维稳的前沿阵地从警27年，身经百战。他先后荣立个人二等功1次、三等功5次，2016年9月10日在搜捕公安部A级暴恐逃犯时遭遇其自杀式爆炸袭击，年仅46岁的艾热提·马木提不幸壮烈牺牲，被认定为烈士，追授全国公安系统一级英雄模范称号。

在新时代党的治疆方略指引下，在新疆维吾尔自治区党委、人民政府和公安部的坚强领导下，全疆各级公安机关严厉打击暴恐犯罪。全疆连续4年多未发生暴恐案件，人民群众安全感、满意度不断提升。

这是以艾热提·马木提为代表的，多年以来奋战在反恐维稳战线上的广大干部群众的鲜血和汗水换来的，足以告慰艾热提·马木提等英烈们的在天之灵。

一、副局长距离引爆炸弹的暴恐分子不到10米

2016年9月10日下午，和田地区皮山县科克铁热克乡的一条乡村小道上，民警悄然有序地向村子最北面的一块新开垦的荒地集结。狭窄的乡村小道两旁夹峙着茂密的杨树、核桃树、沙枣树和葡萄树，植物的枝叶不时地扫过警车的车顶，发出簌簌的声响。民警们身着防弹衣，戴着防弹头盔，怀里紧抱着枪，随着车辆的颠簸轻微地摇晃着。民警们深知，抓捕这种穷凶极恶的暴恐分子十分危险。

到达地点后，皮山县公安局局长刘建新、政委吐尔洪·吾买尔和副局长艾热提·马木提等人一起走下车，指挥警力对这块荒地实施封控包围。

艾热提·马木提曾在科克铁热克乡派出所担任过17年所长，对该乡村落分布、自然地理、道路交通等状况了如指掌。按照事先拟定的抓捕方案，他简洁果断地指挥警力有条不紊、无声无息地到达了指定地点。从前期的情报及审讯中获悉，这里窝藏着公安部A级逃犯、制爆团伙头目阿某。

民警开始对荒地展开搜查。在一块约2米多高的台地上，有一座用简易的树篱围起来的大院子，大院里有3间新盖起来的房屋。艾热提·马木提带领民警们一个房间一个房间地搜索，卧室、仓库、羊圈，到处都不见人的踪影……

就在艾热提·马木提等人走到离荒地前的那片林带不到10米的地方时，一个人突然从草丛中冒出。艾热提·马木提大喝一声“隐蔽”，同时拔枪射击，电光石火之间，一声巨大的爆炸轰然响起。

当大家从爆炸的惊恐中清醒过来时，发现艾热提·马木提已倒在地上，血流满面，他的前额眉眼部位被飞溅的爆炸物劈开了一道深深的

裂缝……

说起这次对阿某的围捕，起源于10天前的一条重要情报。9月1日，皮山县公安局通过群众举报获悉有关制爆团伙头目阿某藏匿点的信息，迅速组织警力密捕了有关人员。艾热提·马木提凭着多年的办案经验，审讯出阿某可能藏匿在科克铁热克乡某处新开垦的荒地一带的重要线索。于是，就有了前述的围捕战斗。

然而，在这场惊心动魄的围捕战斗中，艾热提·马木提身负重伤，虽经皮山县人民医院抢救，但终因伤势过重，不幸壮烈牺牲。皮山县公安局的民警们沉痛万分，他们化悲痛为力量，审讯、深挖，一举抓获麦某等团伙成员多名，起获了成品爆炸装置多枚，及一批制爆原材料、制爆工具。这些爆炸装置的成功起获，消除了巨大的安全隐患。

艾热提·马木提在抓捕制爆团伙头目时，不顾危险，身先士卒，冲到第一线，以自己的生命换回了皮山一方热土的安宁。

二、真情关怀和严格要求，带出了过硬的队伍

由于种种因素，历史上皮山县是“三股势力”活跃、敌情较为严重的重点县。艾热提·马木提参加公安工作后，对党忠诚，勇敢顽强，工作认真负责，很快便脱颖而出，成为一名优秀民警，并于1994年5月光荣加入中国共产党。经过城镇派出所副所长、县公安局治安股副股长兼联防队队长的历练后，艾热提·马木提被任命为科克铁热克乡派出所所长，而他在这一干就是17年。在这期间，艾热提·马木提积累了丰富的斗争经验。

科克铁热克派出所现任所长木塔里甫就是艾热提·马木提带出来的徒弟。当年他刚到派出所工作的时候，艾热提已经是资深的派出所所长。木塔里甫记得，有一次上班的时候，大家正围在一起闲聊，艾热提一进来，办公

室里立刻鸦雀无声。木塔里甫偷偷瞟了艾热提一眼，只见艾热提脸上的表情十分平静，并没有他想象中的严厉批评。那么，他的威严是从哪儿来的呢？木塔里甫渐渐发现，艾热提·马木提的威严来源于他对辖区敌社情的了如指掌、对各类案件处理的得心应手，还有就是他什么事都带头干，以身作则。不过，如果谁的工作有失误，他也会毫不客气地批评指正。他安排给你的工作，很快就会催问办理的进度。当然，如果你在工作方面有任何不懂的地方，他都能给以专业而耐心的解答和帮助。这样的领导，怎能不让大家由衷地尊敬呢？

在皮山县公安局，不管是科克铁热克派出所还是国保大队，很多人都自认是艾热提·马木提的徒弟。在敌情最严重的科克铁热克派出所辖区，他一干就是17年。这期间，派出所获得了许多的荣誉。在派出所荣誉室，我们看到墙上悬挂着40余块奖牌，其中包括执法质量工作先进单位、公安工作先进集体、档案管理先进单位、社会治安综合治理先进单位等。而他本人，也被评为2010年度全疆人民满意派出所所长。他是怎样带队伍的呢？

科克铁热克派出所现任所长木塔里甫曾经在科克铁热克派出所当民警，当时艾热提·马木提是他的所长。他回忆说，艾热提·马木提对他们的工作和生活关心体贴。皮山县是国家级贫困县，他刚到派出所的时候，所里条件还非常艰苦，民警们连办公桌都不够用，几个人合用一张办公桌。是艾热提·马木提多方联系，跑到学校要来一些多余的课桌，为民警们每人置办了一张办公桌。由于财政困难，民警们往往不能按时领到工资，生活上捉襟见肘。艾热提·马木提看在眼里心中实在过意不去，就自己拿钱贴补新来的民警。说到这，木塔里甫泣不成声。政工室民警刘建国虽然在科克铁热克派出所只待了一个多月，但也对艾热提·马木提凡事带头干的作风印象十分深刻。他告诉笔者，艾热提·马木提在所里不论大小工作都带头干，连所里打扫卫生这样的小事，他都亲自做。

2015年9月16日，看守所所长余九利因长时间加班，劳累过度，病倒在工作岗位上。艾热提·马木提得知情况后，立即让他住院治疗，并迅速安排民警将余九利送往和田地区人民医院，为他得到及时医治赢得了宝贵时间。艾热提·马木提对余九利的病情十分关心，帮助他解决治疗期间遇到的困难。

指挥中心民警古丽米拉家在石河子，她孤身一人来到皮山县公安局参加工作。2016年上半年，她与未婚夫要在皮山县举办婚礼。这一天，古丽米拉正在办公室写请柬的时候，被艾热提·马木提看到了。他细细地问了古丽米拉操办婚礼的情况，觉得她一个姑娘在皮山无亲无故，恐怕有一定困难，于是主动提出帮忙操办。古丽米拉深知艾热提·马木提工作十分繁忙，自己也不是他分管的下属，便连连推辞。艾热提·马木提没多说什么就走了。古丽米拉以为这事就这么过去了，不料到婚礼那天，古丽米拉到举办婚礼的餐厅时，艾热提·马木提和民警们已经在那里忙碌了半天，一切都安排得井井有条。古丽米拉至今说起这事，眼泪还忍不住夺眶而出。

在工作方面，艾热提·马木提对下属要求则十分严格，而且他有一套带队伍的办法。木塔里甫回忆说，2003年他刚到派出所工作时，整整三个月，艾热提·马木提都不给他安排工作，工作都安排给老民警。他很着急，后来就主动要求与老民警一起办案，学会了很多派出所工作的基本方法。三个月之后的某一天，艾热提·马木提开始给他安排工作，并和他谈心。他忍不住问艾热提·马木提，为什么一直没给他安排工作。艾热提·马木提笑着说，那是他特意用三个月的时间观察他这个人，到底是有上进心的人，还是愿意混日子的人，同时也在暗中观察他的长处和性格特点，以便决定日后怎么带他这个徒弟，放在什么位置。木塔里甫恍然大悟。当时，县公安局还有一个民警，哪个派出所都不愿要他，认为他能力不行。

但艾热提·马木提却主动把他要到了科克铁热克派出所。他曾对木塔里甫说："不是个人能力不行，而是我们做领导的不行，用人要用其所长。"经过仔细观察，艾热提·马木提发现这位民警特别擅于跟农民打交道，能取得农民的信任，经常有一些打架纠纷之类的治安案件，其他民警去取证时，农民都说没看见。但只要这个民警跟农民交流几分钟，农民就肯做证了。时间长了，他对乡村的信息就特别灵通，有什么异常情况他都能提前得知，成为所里一个不可或缺的民警。

县公安局局长刘建新说："艾热提·马木提对经手的每起案件及其进展情况掌握得十分清楚，他主管的各项工作的统计报表总能及时报送给局长。对局党委交办的任何工作，我从未听到他有任何推托之词。他的敬业精神和责任心，众所公认。"提到这些，刘建新禁不住潸然泪下。

正因为艾热提·马木提对工作极为严谨认真，所以他对下属要求也十分严格。比如每周的例会上，如果有人还说上次例会上的话，他就会提出严厉的批评。而大家对此也都十分佩服。

三、对敌人打得要狠，对人民群众爱得要真

"对敌人打得要狠，对人民群众爱得要真。"艾热提·马木提在工作中一直恪守着这个原则。对暴恐分子他总是重拳出击，毫不手软。但面对乡里质朴憨厚、遵纪守法的农民，他则流露出关爱和柔情。

当他牺牲的消息传出后，他生前工作过的科克铁热克乡和县城里的许多群众都自发地赶来参加他的葬礼。加上皮山县四套班子领导、县公安局同事、亲朋好友，人员达到近千人，场面十分感人。

2015年7月3日，皮山县发生6.5级地震。灾情就是命令，时间就是生命。面对灾情，时任皮山县公安局治安管理大队教导员的艾热提·马木提主

动请缨，第一时间赶赴科克铁热克乡开展救灾工作。虽然他的家就在科克铁热克乡二大队，但他顾不上回家，全身心投入抗震救灾工作中。在抗震一线，随处可见他消瘦的身影。查看灾情、疏导交通、搭建帐篷、抢救财物、安置灾民、清理废墟，一系列工作需要他组织、指挥、协调。从地震发生开始，他几乎没有合过眼，饿了就啃干馕，渴了就喝凉水，累了就坐一会儿。地震发生当天，艾热提·马木提带领科克铁热克派出所民警从倒塌的废墟中救出20余人，疏散群众5000多人次，抢救群众财物价值10多万元，救助牲畜500多只；将26名受伤群众及时送到医院救治，并帮助受灾群众搭建简易帐篷10余顶，安置群众80户300多人。

从7月3日开始抢险救灾到抢险工作结束，他没有回过自己家，不是不惦记家人，而是身为领导，抗震救灾任务太紧急、太繁重，他顾不上了。

等救灾工作尘埃落定，他回到自己的家，看见妻子带着孩子正在清理自家受损的房屋，艾热提·马木提强忍着心中的痛，怀着愧疚的心情对妻子说："都是我不好，让你受累了。"

2016年肉孜节，他答应要陪妻子、孩子一起过节，这已经是他不知道多少次向家人做出这样承诺了，可是他又一次食言了。节日期间，由于他放心不下在村里驻扎的武警战士们，怕他们节日期间会想念家人，就与他们一起参与训练、巡逻、清查。在夜间清查过程中，艾热提·马木提发现麦麦提·阿吾提家里黑咕隆咚，一问才知道他家电表坏了，老人没钱换电表。他立即拿出手电筒，记下了电表型号，承诺老人一定给他换一个新的。第二天，他一早就到电力公司找到相关人员说明情况，电力公司负责人很受感动，立即安排人员前往老人家里更换新表。

四、公正执法，不折不扣落实上级安排部署的工作

“公正、公平”是艾热提·马木提作为一名执法者的基本信念。他生前常说：“当警察的失去了公正，也就是失去了自己的人格。”

在办案过程中，无论遇到什么样的熟人和朋友，他一定会坚持公平、公正地处理。为此他不知受到多少人的指责、埋怨，但同时也赢得了各族群众的好评。他常常告诫民警：“警察是执法者，我们的一言一行不仅仅代表警察个人，而且代表着党和人民政府在老百姓心目中的形象。因此，我们必须维护法律的公正严明。”

“有法可依的按法律规定办，没有法可依的按政策规章办，没有政策规章可依的按党性原则办。”艾热提·马木提在执法过程中一直遵循着这样的原则。

艾热提·马木提不管在什么岗位，都不折不扣地贯彻落实上级安排部署的工作。2014年，皮山县公安局强力推进村（社区）警务战略，将维稳的触角延伸到各基层一线。在局党委安排部署下，任治安管理大队教导员的艾热提·马木提负责统一规划、统一标准、统一设计，在全县范围内建设警务室，逐步实现了警务室从无到有、从无序到规范的转变，基本达到了“有室、有警、有制度、有成效”的工作目标。同时他还参与拟订《皮山县公安局月绩效考核办法》《皮山县公安局社区（农村）警务室责任考核实施方案》等规范性文件，基层一线民警业务工作水平有了较大幅度提升。通过基础调查摸排，切实将基层派出所、警务室打造成为维护稳定的第一道防线。

他用自己的一言一行、一点一滴履行着全心全意为人民服务的宗旨，用自己的实际行动遵守着一名人民警察的职业道德和行为规范。

五、家人眼中的艾热提·马木提

妻子玛依努尔·尼扎木丁的讲述

艾热提·马木提与妻子玛依努尔·尼扎木丁自幼相识，是自由恋爱结婚的。据玛依努尔回忆，年轻时的艾热提·马木提高大、英俊、帅气，深深地吸引着玛依努尔的心。在那个年代，新疆的反分裂斗争形势日益严峻，玛依努尔渐渐品尝到当一名警察妻子的艰辛。

艾热提·马木提经常加班加点工作，夫妻之间常常只能通过电话联系。随着那些年反恐形势严峻复杂，经常有一级、二级响应，加之艾热提·马木提走上领导岗位，玛依努尔越来越少见到他。她前后生育3个女儿，艾热提·马木提没有一次在身边。每次生孩子，玛依努尔看到别人都有丈夫在身边陪伴，她就感到特别孤独和委屈。尤其是第一次生大女儿时，玛依努尔难产，在产床上疼了20多个小时才生下了大女儿古丽米热·艾热提。但想起艾热提·马木提对她的关心和体贴，也就平复了心中的埋怨和牢骚。而艾热提·马木提对她的关心和体贴常常只能是一句温柔的话语、一个衷心的赞扬，或一次愧疚的道歉。

玛依努尔告诉笔者，尽管家里的事都是她一人承担，但这么多年来，她已经渐渐地习惯了。她深知丈夫自尊心、上进心都很强，也眼看着他在事业上不断进步。所以尽管聚少离多，尽管生活辛苦，但只要丈夫能够平平安安，她也把自己算作幸福的女人，也把这一生算作幸福的一生。

但如今丈夫却永远地离开了她，想起来不禁伤心欲绝。而最让她心疼的是，自从2016年8月20日进入响应，丈夫只匆匆回家吃过几次饭，内衣都没顾上换。最后，他是穿着20天没换的内衣牺牲的，这是玛依努尔心中永远的痛！

2016年9月，艾热提·马木提刚牺牲时，笔者曾采访玛依努尔。当我陪着她返回她和丈夫在县城的那个家里，一进门，看着空空的房子，玛依努尔不禁放声大哭："这么空的房子叫我一个人怎么住啊？"

2020年5月，笔者再次采访了玛依努尔。当时，她的大女儿古丽米热·艾热提已经继承父亲的遗志，在皮山县公安局当上了一名人民警察，有了自己的家庭。二女儿古丽其热·艾热提在皮山县审计局工作，也已出嫁成家，她给自己刚刚降生不久的儿子取名卡合热曼（英雄），为的是纪念孩子的姥爷，希望孩子能够继承姥爷英勇无畏、为国奉献的精神品格。小女儿古丽则热·艾热提聪明伶俐，目前在克拉玛依上初中，成绩优异。

坐在笔者面前的玛依努尔神情宁静，历经沧桑后的眼睛里透露出一丝安详。再次回忆起艾热提·马木提，从悲痛中走出来的玛依努尔对丈夫更多的是理解和深深的怀念。她说："2016年以来，新疆已经连续4年多没有发生一起暴恐案件。在皮山县的大街小巷，处处都可以感受到安全、祥和、团结的气氛。维护稳定取得这么大的成就，跟千千万万像艾热提·马木提这样的基层公安民警，跟各族干部群众千辛万苦的付出、奉献和流血牺牲是分不开的。我和孩子们在大街小巷散步的时候，看着如今安定祥和的社会氛围，看着皮山县日新月异的发展变化，她就会由衷地感动：丈夫的血没有白流，他生前那劳苦艰辛、危险重重的工作，还有他最后的流血牺牲，都是值得的！他已经实现了一个普通民警的永恒价值！"

女儿古丽其热·艾热提的讲述

在女儿古丽其热·艾热提眼中，父亲是个严厉的人，对她们要求很高。小时候，每当她们放学后没做作业的时候，只要一听见父亲进家门的声音，立即跑进自己的房间写作业。

也许是工作压力太大，也许是长期在基层公安机关领导岗位上担任指挥决策的任务太重，父亲对待工作和孩子的学业，都表现出一种严厉的、高要求的态度，有时甚至显得脾气很大。

父亲对女儿们的爱，是以一种理性和冷静的方式体现出来的。这一点，古丽其热多年之后才慢慢体会出来。在她初中毕业之际，父亲坚持要把她送往哈密上学。当时她年纪尚小，对独自离家到千里之外的异乡去上学，感到十分畏惧。父亲鼓励她到外面的世界经风雨、长见识，并把她送到哈密。来到哈密后，她人生地不熟，一切都需要自己解决，一时间感到压力很大，又无人倾诉。她觉得支撑不住了，便给父亲打电话说想回皮山上学。那一次，父亲并没发脾气，而是非常耐心地给她讲道理，温和又坚定地鼓励她坚持下去，给她打气。她终于平静下来，决心坚持在哈密待下去。就这样，她独自一人在哈密上了3年学，从最初的孤独无依，到后来融入集体，并成长为一个独立自主性很强，对自己的未来有思考、能决断的女孩。回想起父亲当初的狠心决断，她才更深刻地感受到父亲的良苦用心，内心充满了对父亲的感激。

古丽其热记得，在哈密的3年，父亲曾来看望过她3次。第一次是2011年10月，那天中午，她突然接到老师通知，说门口有人找。她怀着某种预感走到学校大门口，赫然看见父亲竟然就站在那里，微笑地望着她。她快步扑到父亲怀里，眼泪再也忍不住夺眶而出。父亲问她怎么了，她一时百感交集说不出话来，只感受到父亲温暖的手摩挲着她的头发。那次，父亲是因工作出差路过哈密，想着去看看她。两人一起吃了顿饭，父亲就又上路了。

第二次，父亲到乌鲁木齐开会，利用剩下的一点时间来看望了她。两人只在学校门口站着聊了十几分钟，父亲就匆匆而去。

第三次，她考上了新疆财经大学，父亲、母亲一起帮她搬运行李到乌鲁木齐，送她去上大学。那段日子，是她漂泊在外求学期间最快乐的日子。

古丽其热告诉笔者，她敏感地察觉到，父亲对女儿们的爱随着他年龄的增长而与日俱增。年轻的时候奋战在工作岗位，也许真的是顾不上。但随着小妹妹古丽则热的降生，古丽其热突然发现爸爸父爱的一面，仿佛带着一种补偿的急切，像温泉一样喷涌而出，滋润着最小的妹妹。只要他有回家的机会，就一定要抱抱小妹妹，开心地逗她玩耍一番。而当年，姐姐古丽米热和她却很少能享受到这种待遇。

2016年9月的古尔邦节前夕，她提前回到家中。以前这种节日，父亲都不会让她回家，而是让她在学校多学些知识或参加各种活动长见识。但这次，父亲却专门打电话让她回家一趟。

回到家后，父女二人见了面，一家人一起吃了顿团圆的抓饭。饭桌上，父亲的话很多，这让古丽其热感到既温暖又有些奇怪。因为是响应期间，父亲很快就去工作了。但就在回来的间隙，父亲又一次问起她10月份假期的打算。她说这才刚回了趟家，10月份她不打算再回来啦。但父亲盯着她说了句："还是回来一趟吧。"那一次，她真切地感受到了一向忙于工作、要求严格的父亲对亲情的需要。

不料，这竟是她与父亲的最后一场对话。两天后，父亲牺牲的噩耗传来……

2017年，古丽其热大学毕业后，通过公务员考试到皮山县审计局任职。随后，她又到父亲曾战斗过17年的科克铁热克乡支教。古丽其热深切地感到，这些年来，在党的脱贫攻坚政策的感召下，以科克铁热克乡为代表的农村，正在发生着深刻的变化。过去农民们对孩子的教育不重视，要么任孩子辍学，要么送孩子学经。现在，农民们纷纷主动把孩子送到乡里办的幼儿园、小学上学。他们都说，只有学好国语，才能学到各种技能，才能跟上社会的发展，才能拥有未来的美好生活。过去，农民们除了种自家分得的那点儿土地，几乎不干什么，家庭陷入贫穷了，就是"等靠要"。如今农民们都行动起来了，要么外出打工，要么办各种合作社，要么搞庭院经济，要么学手艺，大家都走上了勤劳致富的新时代康庄大道。皮山县正在发生着深刻的变化……

艾热提·马木提是党和人民培养出来的一名少数民族优秀民警，是在新疆长期反分裂斗争中历练成长起来的优秀党员、领导干部。在无数次急难险重的任务面前，他处处以党和人民的事业为重，把个人生死置之度外，把火热的青春和宝贵的生命无私地奉献给了党和人民的事业。他13次被评为优秀公务员、先进个人、优秀共产党员，荣立三等功5次、二等功1次，2010年荣获全疆人民满意派出所所长称号。

艾热提·马木提用鲜血书写了一名公安民警的铮铮铁骨和庄严承诺，用实际行动诠释了对党无限忠诚、对人民群众和公安事业无限热爱的崇高品格，用自己的生命谱写了一曲反对民族分裂、维护祖国统一的英雄壮歌。

谁持彩练当空舞

——记中泰化学托克逊能化有限公司工人赛福丁·伊斯热依力

高天龙　胡晓君

一、绝处逢生

2009年12月的一天，赛福丁·伊斯热依力所在的托克逊县硅铁厂宣布破产倒闭。

这是一家私人企业，老板是从江苏来托克逊县投资办厂的，是一家有50多名工人的小企业。由于原材料价格一路走高，生产的产品品位又低，所以销售价格很低，厂子难以为继，唯一的办法就是封炉关门。

赛福丁的心情犹如这12月的天气一样，冰到了最低点。他3月才进入这家小工厂，即使是小工厂，对他来说也很重要，因为他终于可以结束四处漂泊、风餐露宿的生活了。

"唉……"赛福丁一声长叹。

满打满算才9个月。9个月，让他从空中又摔到了地上。

随着工厂的倒闭，一些住宿舍的人搬上被褥、行李离开了。

赛福丁无处可去，他用平时攒下的钱在县城里租了间地下室作为栖身之地。

躺在地下室简易狭窄的木板床上，赛福丁欲哭无泪，他看不到自己人生的路在哪里。别说人生的路了，眼下连生存都困难了。

一束冬日的阳光从地上反射进地下室，显得苍白无力。赛福丁感受到了生活的艰辛和无奈。如果爷爷奶奶还活着，他会义无反顾地回到他们身边。可是他们都已经离开人世，离开了他，让他真正体会到了失去亲人的孤独。尤其是在这个时候，他深深感受到了孤立无援的滋味、无家可归的痛苦，以及没有亲人可以倾诉的孤独。

那是1991年夏季的一天，母亲因病去世，撇下了4岁的赛福丁，而狠心的父亲不顾一切地离开了他，即使爷爷奶奶以与他父亲断绝关系来要挟都无济于事。他的父亲远走他乡，丢下了他，爷爷奶奶承担起抚养他的义务。

父亲离家出走的那天，幼小的他哭得惊天动地，其实他什么也不懂。在他一点点长大后，爷爷奶奶告诉了他一切。爷爷奶奶的家在托克逊县博斯坦乡八大队，赛福丁也出生在这里，这里也是他的家乡。

博斯坦乡有着“红枣之乡”的美誉。赛福丁的爷爷奶奶家只有几亩地和一头牛，每年的收入主要靠种地来维持，因此，他们生活得很贫困。

就是这样，爷爷奶奶仍坚持让赛福丁上学，期待他以此改变命运。而就在赛福丁刚上一年级时，奶奶去世了。小小年纪的他决定不上学了，和爷爷一起去种地，却遭到了爷爷的强烈反对。这个大字不识一个的农民，却懂得上学的重要性，赛福丁硬是被赶回了学校。赛福丁喜欢上学，渴望背着书包一直上下去。但是家庭贫困的现状，让他小小年纪就选择了中断学业，早日为家庭减轻负担。

2006年，赛福丁初中毕业就去学习厨艺。几个月后，他去一家餐厅当起了厨师，包吃包住，每月180元工资。刚开始他还美滋滋的，时间一长，感到这不是他要的生活，便辞去了工作，做起了服装生意。他只干了2个月，便赔得一塌糊涂。手无分文的他只好去了一个建筑工地当小工，搬运沙子和水泥。这期间，赛福丁的爷爷病重，他放下手里的工作，把爷爷送进了医院。爷爷的主治医生让他把爷爷转到乌鲁木齐大医院治疗，他误听为需要住院治疗。为了挣出给爷爷治病的钱，他把爷爷一个人放在医院，自己回到了工地。因为没有通信设备，一个月后邻居大哥找到他，让他去医院处理爷爷的后事时，他怎么也不相信爷爷已经去世了。

当看到双目紧闭的爷爷时，他后悔极了，撕心裂肺地大哭了一场，他知道，从此，他没有亲人了。

在社会上摸爬滚打3年之后，赛福丁进入了硅铁厂，成了一名炉前工。他终于安定下来，在这里有了一份稳定的工作和一份稳定的收入。

正当他憧憬着美好未来的时候，正当他为心中的梦想歌唱的时候。

梦破碎了……

歌停唱了……

地下室的小房间内，苍白无力的光线暗淡了，室内陷入一片漆黑。这个时候，赛福丁的手机响了。给他打电话的是阿依吐热·亚库甫，一位高个儿、大眼睛的漂亮姑娘，和他同一个车间的同事。

几个月的相处，让阿依吐热对赛福丁很关心。尤其是知道他的身世后，阿依吐热更加无微不至地关心起他来。

“哎，赛福丁，你现在在哪里?”

“地下室。”

“吃饭没有?”

“没……没有。”

“出来吧，我请你吃饭。”

“不去了，我不吃。”

赛福丁知道，阿依吐热家也不富裕，她在家里排行最小，哥哥姐姐们几乎都是种地的农民，他不能经常接受阿依吐热的邀请。

十几分钟后，阿依吐热敲开了地下室的门。

当他们在烤肉摊前吃烤肉时，阿依吐热不断地鼓励赛福丁不能在困难面前低头，要勇于向困难挑战。

赛福丁说："可以不低头，但没有工作怎么办?"

阿依吐热说："你可以去找工作啊，可以继续打工啊。"

赛福丁信心不足地说："打工是肯定的，但打工只能混口饭吃，过不上好日子。"

阿依吐热继续鼓励他："你还年轻，先打工，等有机会了再找份稳定的工作，关键是趁年轻多学文化知识。"

"嗯，你这么一说，我对生活有信心了。"赛福丁感激地说。

从这天起，阿依吐热经常鼓励赛福丁。有这么一位美丽姑娘的鼓励，赛福丁对生活充满了信心。

寒冷的冬天还笼罩大地的时候，赛福丁听到了一个令他振奋的消息，自治区国资委的一家企业——新疆新冶能源化工股份有限公司为扩大生产大量招工，对有一定电石生产经验的工人优先考虑。

如春风吹拂大地，赛福丁的心荡起一阵阵涟漪。他和阿依吐热都兴高采烈地报了名，通过考试、体检、政审之后，他们进入了这家企业。

这是2010年3月初，就是说，他们在硅铁厂倒闭的2个月之后又有了工作。

二、蜕变之路

新疆新冶能源化工股份有限公司的大量招工事出有因。

2009年8月，新疆新业国有资产经营（集团）有限责任公司接管新项目，这个新项目就是投资新建年产20万吨电石项目，加上已规划建设的年产30万吨电石项目，合计年产50万吨电石项目；同时还有电石炉尾气净化系统、石灰套筒竖窑工程及一系列道路、办公楼、食堂、商业区建设等工程。由新业国有资产托克逊县龙源投资建设有限公司、宁夏太泽实业有限公司、新疆同享矿业有限公司三家投资者，发起设立新疆新冶能源化工股份有限公司（以下简称新冶能化公司），承担所有项目建设和经营管理任务。

2009年12月8日，一期50万吨电石项目第一台6号电石炉点火投产，同年12月27日5号电石炉点火投产。之后，还有一系列电石炉需要点火投产。为此，新冶能化公司大量招工，仅赛福丁这批就招了50多人。

这一大背景，赛福丁是不知情的。然而赛福丁能够进入国企电石化行业，成为一名工人，是他人生重要的转折点。

让赛福丁意想不到的是，他还会遇到很多困难。

经过几天的岗前培训，赛福丁被分配到6号炉，岗位是出炉工。

6号炉是50万吨电石项目点起的第一台电石炉。一个班20人左右，而技术工人都是由宁夏太泽实业有限公司派来的。虽说赛福丁在县硅铁厂干了9个月的出炉工，但那是开放炉，开放炉是在一定的时间内把炉眼打开，将电石半成品排出来。而现在则是封闭炉，操作方法完全不同，封闭炉规定出炉时间20分钟左右，把电石排出来后，封住炉眼。工艺不同，赛福丁必须从头学起。

这天一大早，赛福丁与往常一样提前半小时来到车间，做接班前的准备工作。他前脚刚进门，班长也紧跟着走进了车间。班长让他去拿工具，他一句也听不懂，像个傻子似的看着班长的嘴，不知道该干什么，班长比画了半天，他还是干瞪着眼看着班长。

这时候，工人们陆陆续续走进了车间，赛福丁在人群中寻找着一个熟悉的身影，可就是见不到这个人。

“别找了，给你当翻译的人有事请假了。”班长说。

“连句普通话都不会说的人还来干什么?”

“个子还没有炉台子高，怎么出炉？”

“哈哈哈……”

人群中议论纷纷。

赛福丁不知道大家在说什么，但从他们的笑声中能感觉到都在嘲笑他，他的脸一下子红了，暗暗下决心，要学普通话。

第二天，赛福丁手里多了一个本子和一支笔，见人就问“炉子”怎么说，“安全帽”怎么说。

全班20多人，只有他一个维吾尔族工人，还有一个汉族大哥懂维吾尔语，但这不能作为永远的依靠，必须下决心学会普通话。

于是，赛福丁去新华书店买了一本字典，规定自己每天学习20个汉字。从最基础的拼音字母、笔画开始学，靠着一点一滴的积累，他和同事们慢慢可以交流了。

赛福丁深知技术的重要性，可是封闭炉的技术又是横亘在他面前的一道屏障，而宁夏来的几位工人师傅一到关键的步骤，就把当地工人支开。掌握不了烧炉眼技术，他就难以生存。

赛福丁是个用心的人，宁夏师傅不教，他就站在身后看，被发现后，赶走再来。

“教会徒弟，饿死师傅。”宁夏来的师傅们沿袭了封建观念，就是不教他们核心技术。

怎么办？

这样下去是个大问题。几个人一商量，请师傅吃饭。

席间，他们左一个“师傅”、右一个“师傅”叫得很亲，师傅们心知肚明，知道是让传授技术，就是不全部透露，只是说一点点。徒弟们就隔三岔五请师傅们吃饭，在工作中递烟、端茶。

赛福丁是个闲不住的人，他每天都会收拾地上的杂物，包括废弃材料等，而这不在他的工作范围内。

在电石炉定期检查中，清扫炉盖是个苦差事，炉盖三角区积灰能达到5厘米，灰末又细又轻。炉盖上温度又相对较高，一次清灰下来，汗水就浸透了阻燃服。别人嫌脏嫌累的活，他干起来从不抱怨，平常清炉盖一定要两个人才能干完，而他一个人就能干好，而且还清得特别干净。有时候下班了，师傅突然给他安排临时工作，他都欣然接受。

一天，在出炉过程中，出炉小车掉轨道了，没有及时堵上眼，电石流速又特别快，工人只好把电石的档位降下来，再把电极往上提，才把炉眼堵住，但这一锅电石就报废了。报废的电石流淌在轨道上，时间长了，轨道会受到损坏。流淌的电石必须清理，一般人不愿意干这个活，一是劳动强度大，二是非常危险。为保证生产，其他人都到剩下的两个炉眼上去出炉了，赛福丁却自告奋勇地留下来。他和一个新入厂的工人用撬杠、铁锹处理，3吨重的电石，他们硬是用蚂蚁啃骨头的精神，用了4个小时清理完毕。

这一切，班长看在了眼里，宁夏师傅也看在眼里。宁夏师傅开始毫无保留地教他烧炉眼技术了。赛福丁还买了一本电石生产工艺技术书，一有时间就比对着学习。从理论到实践，赛福丁都有了长足的进步。

按照正常要求，学徒学习三个月转正后才能独立上岗，而赛福丁刚学一个月就想独立烧炉眼了。

这天，宁夏师傅在赛福丁的再三要求下，允许他独立操作烧炉眼。赛福丁心花怒放，想着第一次从自己手中烧出炉眼是多么自豪的一件事啊！

烧炉前，他做了一系列准备工作。检查了炉舌是不是正常，炉体是不是完好，出炉小车在轨道上能不能运行……

熊熊大火在炉膛内燃烧着，冶炼40分钟后，该出炉了。赛福丁的心里一阵阵紧张，他启动除尘风机、开炉眼，结果却失败了，烧的口小了。成功的炉眼应呈倒喇叭形状，外口尺寸必须保证300毫米以上，内径150毫米，深度600毫米以上，而赛福丁烧的炉眼正好相反了，内径口大得泥球都堵不上。

瞬间，赛福丁傻眼了。

“我看你只能干杂活，去砸弯了的钎子吧。”师傅气呼呼地说。

师傅认真询问赛福丁是怎么烧炉眼的，他如实回答了师傅的问题。

“我知道了，你没有看工艺单，没有按照工艺单流程烧炉眼。”师傅明白了。

“师傅，我……我看不懂工艺单，因为全……是汉字。”赛福丁嗫嚅道。

“你不是在学普通话吗?”

“工艺单上好多字不认识。”

“那就等你学好普通话、能看懂工艺单后再烧炉眼吧!”

“那要等到什么时候呢?”赛福丁急得要哭了。

师傅理都不理他就开始清理炉眼。

懊恼、丢人、无地自容，失败的炉眼影响了班组的日产量，还增加了劳动强度，赛福丁的内心很痛苦。

春天来了，托克逊的3月，杏花、桃花竞相绽放。放眼望去，海洋般的花姹紫嫣红，舒缓地铺向远方，更显生机勃勃，给戈壁增添了无限的活力。

傍晚，太阳的余晖洒向大地，大地呈现一片金色。

赛福丁和阿依吐热沐浴在这金色的暮色里……

看着情绪不高的赛福丁，阿依吐热轻声地问道：“赛福丁，你有什么心事?”

“哎……今天干了件丢人的事。”

“什么事?”阿依吐热又问。

赛福丁对阿依吐热讲述了事情的经过。

“没关系，这是第一次，很多事情第一次不一定都成功。慢慢来。”阿依吐热安慰道。

“关键是我看不懂工艺单。”赛福丁说。

“学习普通话不容易，你还要抓紧学，不光是学语言，文字也要同时学。你现在看工艺单困难，我先给你翻译成维吾尔语，这样你就会很快掌握烧炉眼的技术了。”

赛福丁感激地说：“翻译文字是个累活。”

阿依吐热说：“我不怕累，只要能够让你快速掌握烧炉技术，我心里高兴。”

几天之后，阿依吐热把翻译好的工艺单交给了赛福丁，赛福丁一有空闲就看工艺单。工艺流程、生产原理、电石生产原料、开炉眼操作、出炉过程操作、出炉机械手带钎操作、出炉机械手堵眼操作等专业知识，他看了不知道多少遍，直到烂熟于心。

赛福丁不仅学习理论知识，而且天天观察模仿师傅是如何烧炉眼的，他坚信，如果再给他一次机会，一定会成功，他在等待这个机会。几天之后，一场恶性事故险些发生。

这天，电石小车轮子损坏，突然脱轨。在这危急时刻，赛福丁迅速找来一块钢板垫上，避免了翻车事故。在场的人被眼前的一幕弄蒙了，待反应过来后，赛福丁已经排除了险情。不知谁拍起了巴掌，一时间，掌声响彻车间。

过了段时间，师傅又一次让赛福丁独立操作烧炉眼。

这次，赛福丁沉稳地、有条不紊地操作着，一步一步环环相扣，一招一式都干净利落。40分钟冶炼之后，赛福丁打开炉眼，根据流程用钢钎深捅浅带，使电石顺利流出。这一顺序，他用了21分钟，这是一个规定内的标准时间。而眼口呈倒喇叭形状，里边呈圆柱形，且炉眼平整光滑。这炉眼烧得漂亮，师傅用欣赏的目光看着赛福丁，并递给他一瓶矿泉水。

这时候的赛福丁，喜悦的心情溢于言表，他感激师傅，对自己也很满意。

从这一天开始，赛福丁手中的钢钎随着口号声搭在炉墙的炉门内，在炉眼中来回穿行，只见一股红红的热电石流到了电石锅内。

七八月是出炉工最难熬的日子。到了夏天，特别是中午，太阳直射大地，地上就像一个滚烫的火炉，空气都是灼热的，而炉台温度则高达50摄氏度以上。赛福丁穿着厚厚的阻燃服，佩戴安全帽、防护面罩、厚厚的棉布手套，从上到下，把自己裹得严严实实，挥动着手中12米长的钢钎，烧炉眼、堵炉眼、清扫炉台、看锅，再将冶炼好的液态电石接入电石锅中拉到冷却厂房。赛福丁要忍受2000摄氏度电石火的热烤，一站就是8个小时。

日复一日，月复一月，赛福丁在三尺炉台上锤炼着自己，无论是理论知识，还是实践经验，都渐渐熟练。不久，他就被提拔成出炉组长，从烧炉眼失败到提拔成出炉组长，仅仅9个月的时间。

赛福丁明白，出炉组长是一种鼓励、鞭策，更是一种责任和使命。

一天下午快下班时，赛福丁突然发现炉舌里断水了，断水就意味着炉舌不好清理，也会影响生产，唯一解决的办法是人钻进烟罩内用泥球铺到炉舌上，防止电石粘到炉舌上，避免电石不落地。可谁钻进炉舌里呢，里面的温度高达80摄氏度以上，人钻进去烤也烤软了。正值炎炎夏日，那种感受可以想象得到。

正当大家面面相觑时，赛福丁直接钻进了炉舌里，迅速用泥球铺到了炉舌上。等他出来时，全身已经湿透，脸色通红，人都走不稳了。

出炉工不仅是一项繁重的体力劳动，而且也存在着极大的危险性。2013年的一天，与平常一样，赛福丁领着几个工人正常出炉时，炉眼往外喷料，红料从他耳边冲了过去，他立即意识到是大塌料。他站在钢钎的最前端，指挥现场的7个工人有序撤离了炉台，虽然生产受到了损失，但人总算都安然无恙。

这件事对赛福丁影响很大，他翻阅资料查找关于塌料的原因，明白了塌料是由原料、失误操作等多种因素造成的，于是向公司提出建议，把出炉炉台逃生作为日常班组安全演练的重要工作。为此，他的班组连续5年被评为无事故班组，赛福丁也连续3年被评为车间安全生产标兵。

“当工人就要当最优秀的工人。”这是赛福丁的信条。

有一次，炉眼突然不出电石了，赛福丁心里很着急，他把班长、技术员请到现场，让他们帮忙解决问题。在进行了更换炉眼、吹氧作业后，电石还是不出来。一时间大家都束手无策了。赛福丁突然想起他烂熟于心的出炉岗位操作法说过，电极上抬或电极位置长期下不来，波动幅度大，应该提高原料质量，稳定操作和配比。对，原因就在这里。问题解决了，但赛福丁还是放心不下，他想到电石出炉过多，质量会下降，电石出炉少则会出事故的问题。经过他反复试验，一个班每天出7—8炉就能保证电石炉熔池，电石炉整体就会稳定，也就不会出现出炉困难、炉眼堵不上的问题了。

公司从此把出炉7—8锅作为生产工艺制度进行了规范，这为公司的稳产高产、扭亏为盈奠定了基础。

三、逐梦之路

就在赛福丁憋足干劲围着炉子想干出成绩时，新冶能化公司因连年亏损，最终资不抵债，濒临破产，1500多名员工面临下岗。这个消息犹如一盆冷水，将赛福丁刚刚燃起的激情瞬间浇灭。

他又一次忧虑了，企业一旦破产，自己何去何从，难道又要去打工吗？那些天，赛福丁整天愁眉不展。和美丽姑娘阿依吐热正谈婚论嫁，为房子四处奔波，如果企业倒闭了，他还能和阿依吐热结婚吗？一个失业者怎么撑起一个家?

没想到，这个时候传来新疆中泰集团要兼并重组新冶能化公司的消息，这个消息让大家为之一振。

新疆中泰集团是国有独资公司，其前身是始建于1958年的新疆烧碱厂，2001年12月完成股份制改造，设立新疆中泰化学股份有限公司。2012年7月，自治区人民政府在中泰化学股份有限公司的基础上设立中泰集团。

中泰集团立足新疆丰富的煤、盐、棉花等资源优势，按照“建设一个园区，绿化一片戈壁”的发展思路，建成七大产业基地，氯碱产能、纤维素纤维产能居全国前列，具备30种不同型号氯乙烯树脂及50余种下游产品深加工生产能力。

能够融入这个“大家族”，是新冶能化公司所有员工的梦想。

2012年8月，中泰集团正式接管新冶能化公司，并派来了一位雷厉风行、泼辣能干的张群蓉任董事长。

张群蓉到任后，引进新理念、新方法，激发班组员工的活力，提高员工的综合素质和能力。她每月进行一次员工工艺单知识考试，已经是副班长的赛福丁连考三次都不过关。他考不过关的原因还是普通话水平不行，于是被通报批评。

赛福丁深知技术再精湛，还要加强理论学习，提高文字能力，连考三次失败，让他认识到了自己的不足。从此，他更加勤奋地学习普通话，回到家尽量与妻子用普通话交流。

中泰集团对员工的素质要求很高，经常举办各种学习班。在这种大环境下，赛福丁的综合素质得到大幅度提高。

2013年，赛福丁被提升为值班长。值班长相当于生产副厂长，管着40多人，这时期的赛福丁深感肩上的担子越来越重，而新的员工也在不断增加，这都需要他们这些最基层的管理者精心培养和管理。

马学府是赛福丁的徒弟，急于独立操作烧炉眼工作的他，有次偷着烧，却没有成功。赛福丁耐心地劝他不能急于求成，马学府不听劝阻，又偷着烧了几次也不成功，赛福丁毫不客气地对他进行了严厉的训斥。后来，赛福丁不厌其烦地教他烧炉眼技术，直到马学府能够独立操作后才放心。

艾力坎吉与赛福丁一样，不会说普通话。赛福丁一次次找他谈心，给他讲学普通话的好处，不仅自己教艾力坎吉普通话，而且指定汉族师傅专门给艾力坎吉教授普通话。一年后，艾力坎吉能够用普通话与其他人交流了，赛福丁把汉语版的《安全知识》手册交给艾力坎吉诵读。

2014年夏天的一天，赛福丁站在炉台下拉锅，当他抬头看到炉舌漏水时，立即跳到炉台上，大喊“炉舌漏水啦”。巡检工迅速把水阀门关掉，赛福丁和几个工人把炉眼用电石渣堵上。

“这有什么大惊小怪的。”有人小声地说。

这句话恰好让赛福丁听到了，他气呼呼地大声说：“这是大惊小怪吗？如果不堵炉眼、不关水，遇到电石就会闪爆，那就是大事故了。”

下班后，他专门召开会议，强调安全生产的重要性。他还给大家讲了一件同行业因不重视安全生产造成重大伤亡事故的例子。

2004年3月14日，抚顺某化工公司电炉工段一出炉工人发现，在应正常出电石的电石炉2号出口没有开启的情况下，封闭的电石炉1号出口意外开启，班长安排停水、停电。20多分钟后，电石水流量变小，班长带领大家上前堵眼，6人在电石炉1号出口进行堵眼作业，4人在电石炉2号出口处做泥球。大约2分钟左右，隔热水墙发生爆炸，事故造成3人死亡、2人重伤、1人轻伤。事故原因是电石炉1号出口因炉内硅铁水挤压破裂，造成大量的高温硅铁水、电石水长时间积聚在隔热水墙前，使水墙内的水升温汽化。硅铁水将水墙底部熔解穿透后，大量的液态电石进入水墙内，电石与水反应，瞬间发生爆炸，这是事故发生的直接原因。

早在2001年5月20日，这台电石炉1号出口处也发生过类似的跑眼，导致隔热水墙爆炸，而这家化工有限公司没有对事故进行认真调查分析，对导致水墙爆炸的隐患没有采取有效的预防措施，给这次事故埋下了隐患，这是这次事故发生的主要原因。电石炉跑眼是经常发生的事，当班工人吃晚饭时，没有安排人员对电石炉进行巡视检查，做好应急处理预案，以致没有能够及时发现跑眼，发现后也没有快速、妥善处理，这是事故发生的间接原因。按工艺规程要求，电石炉生产过程中应执行1号、2号出口轮换使用制度，但该公司没有规定轮换周期，致使1号出口在发生事故前长达15天没有使用，导致其在事故前的安全状态不稳定，这是事故发生的管理原因。

赛福丁说，这就是血的教训。

会议结束时，那个说怪话的工人做了深刻检讨。

2014年冬，赛福丁的妻子阿依吐热作为公司的优秀员工被安排去海南三亚旅游。临行前，阿依吐热让赛福丁请假一同前往，赛福丁却拒绝了。

他说："我的愿望是这一年不请一天假，把工作干好，争取评上优秀员工。"

妻子阿依吐热从三亚发来图片，执意让赛福丁去那里会合，赛福丁还是拒绝了。

从一名农民到现代化产业工人，从未想过梦想是什么到开始为自己的梦想努力奋斗，对赛福丁来说，是自己追逐梦想的开始，更是实现自己人生蜕变的过程。

他要为心中的梦想歌唱……

中泰集团要举办堵炉眼技能大赛了，报名参加的50多名出炉工都跃跃欲试。

在11号与12号炉的冷却厂房，上百双眼睛都盯着参赛者。参赛者用娴熟的技术往仓里加入原料，然后就是40分钟的等待堵炉眼。比赛进行了整整一个上午，赛福丁成为这次大赛的第一名，在场的人鼓起热烈的掌声。

为提高工作效率、改善员工工作环境、增强安全系数，中泰集团决定安装半自动化出炉机械手。这一消息传来，在出炉工中引起了强烈反响，很多人担心失去工作。因为传统的人工出炉方式每班需要10个人通力配合才能完成出炉作业，而半自动出炉方式只需6个人配合就可以完成出炉作业。

赛福丁却认为，半自动化出炉可以减轻劳动强度、增加安全性、提高效能，他利用一切机会给大家讲半自动化出炉的优势。他带领所有员工学习设备操作和技术维修，并绘制了机械操作流程图，为以后机械手操作和维修奠定了基础。同时他带领班组成员每天下班后在仿制的炉台上练习扔石子，每次50分钟，在后来的“中泰杯”出炉技能比武中，他的徒弟咸春亮和马学府（组合）荣获第一名。

赛福丁一直坚持学习班组建设管理知识，带领班组员工不断提高劳动技能，在传道、授业、解惑上狠下功夫。“只有熟练自己的业务，干起活来才能得心应手”成为班组员工的共识，他们的班组也成了公司首批合格班组。

赛福丁一直通过自身的能力影响着班组的员工，无论是生产产品，还是作为工人的素质。它要求班组的员工必须追求“工匠精神”。“工匠精神”是在技术上精益求精，对职业有认同感、使命感。

赛福丁追逐的梦想是让班组成员人人有舞台，个个都出彩，让他们成为技术精湛、具有无私奉献精神的传承人。

四、砥砺前行

恐怕令赛福丁自己都没有想到的是，他在炉台上的不懈追求，让他荣获了全国劳动模范的称号。这是2015年4月。

4月是莺歌燕舞的季节，当赛福丁坐在开往北京的列车上时，心情万分激动。一个维吾尔族农民的儿子，用短短几年的时间，凭着一股韧劲，学会了国语；凭着一双勤劳的手，成了岗位上的技术能手。现在国家又给予了他这么高的荣誉，这是一种鞭策和鼓励，更是一种责任。

这是赛福丁第一次去北京，也是他第一次走进平时只能从电视上看到的庄严的人民大会堂。当他和全国的劳动模范一起受到习近平总书记接见时，激动的心情溢于言表。

赛福丁被评为全国劳动模范的事，在中泰化学托克逊能化有限公司4000多名员工中引起了强烈的反响，甚至在中泰集团4万多名员工中也引起了很大的反响!

“赛福丁真是好样的，你是我们大家学习的榜样，你通过自己的努力得到了大家的认可，作为少数民族员工，我们要向你看齐，在工作上不断提高技术水平。”

“师傅，你被评为劳动模范之后，我们班组干起活来更起劲了，大家说，我们值班长是个劳模，我们更不能拖后腿。”

…………

赛福丁深知，他的成长离不开这个伟大的时代，离不开中泰集团对他的培养。他暗暗下定决心：一定要努力学习，让自己变得更加优秀。赛福丁用自己的劳模精神激励身边的员工，为企业的发展不懈地奋斗着……

党的十九大提出重点攻克深度贫困地区脱贫任务，确保到2020年我国现行标准下农村贫困人口实现脱贫，贫困县全部摘帽。这是吹响的冲锋号，这是向深度贫困堡垒发起的总攻。

中泰集团的扶贫点是和田地区于田县的先拜巴扎镇和斯也克乡2个乡镇。为了从根本上帮助贫困家庭彻底脱贫，2018年12月26日，中泰集团与江苏东展集团联合，在于田县成立了新疆和田中泰东展服装股份有限公司。该项目建设起年产500万件行业定制服装、1000万件家居品的生产加工缝制基地，直接解决了当地200多名少数民族群众的就业，间接带动7000多名当地群众脱贫增收。

按照协议，中泰集团与江苏东展集团的联合，江苏东展集团只出2名负责生产的正、副厂长及10多名技术人员，而所有管理人员要从中泰集团旗下的7个工业园区派出。

听到这一消息，赛福丁激动不已，他认为自己特别适合这项工作，内心有一个声音在强烈呼唤他到和田去、到扶贫一线去，将自己的经历告诉当地的老百姓，将党的好政策用最生动的实例展现，通过自己的努力帮助贫困户早日脱贫。

虽然赛福丁的孩子才2岁，但挡不住他想去扶贫的坚定脚步。征得爱人的同意后，他向公司提出了申请。2019年4月15日，他来到于田县，开始了驻村生活。对于才放下坎土曼或围着炉子转的农民和妇女来说，工厂生活既新鲜又不适应。

1200多人的员工队伍，少数民族占到80%，而这80%的人几乎不会说普通话，中泰集团从7个工业园区派来了14个人，6个人是翻译，而这6个人面对1200多人根本忙不过来。技术员是江苏派来的，他们不懂维吾尔语，教授技术只有翻译在的时候才能进行。严格的上班时间又让这些才走上生产岗位的农民感到受约束。

有一天，突然有几十个人不来上班了。赛福丁感到压力很大，他非常焦虑，将工作的重点放在深入调研和了解员工的思想动态上。他召集驻村工作队员、村干部、党员和员工代表开座谈会，了解员工的基本情况。同时，在征得公司同意后，赛福丁利用给员工培训的机会讲述他个人的成长史，让他们懂得：只有不断奋斗，才能实现梦想；只有不断奋斗，才能改变命运。

赛福丁给他们讲述了一个在托克逊工业园区工作的南疆妇女的事例：

布威海丽其姆·喀迪尔来自喀什英吉沙县，现在是物流中心地磅班组的一名司磅员。2017年，她与丈夫作为中泰集团首批喀什、和田地区富余劳动力就业安置人员进入托克逊能化有限公司，经过3个月的集中培训后走上工作岗位，成为真正的产业工人。

刚开始，布威海丽其姆一句基本的生活用语都不会说，第一次双语考试的成绩也不好。为了跟上培训进度，除了按时完成老师布置的作业外，她还坚持每天抄写当天所学的内容至少3遍。她早上天不亮就起床，到宿舍楼下一遍遍地朗读。在日复一日的积累中，布威海丽其姆的进步越来越快，她参加了公司举办的"一封家书双语朗诵大赛"，并取得了第一名的好成绩。集中培训结束后，她被评为优秀学员。

进入班组后，布威海丽其姆没有忘记学习，仍保持着每天抄写的习惯，但内容从简单的词组、语句变成了岗位职责、过磅流程、班组建设知识。进班不到一个月的时间，她已经记满了好几个笔记本。她从基础学起，很快便能独立完成四方联机记录、班前班后会记录、"每日一句国语"等台账的填写工作。但对于布威海丽其姆来说，计算机操作才是最难翻越的"大山"。

高中毕业那年，因为家中经济条件困难，已经考上大学的布威海丽其姆为减轻家里的负担，放弃了学业，这也让她错失了学习的机会。她很苦恼，司磅员主要负责对公司进出厂原材料、物资进行称重，所有数据都会录入操作系统中，这就要求司磅员必须能够熟练操作计算机。连计算机都不会用，怎么能做一名合格的司磅员呢？布威海丽其姆下定决心，一定要在试用期间学会使用计算机，她主动找到班长刘小兰寻求帮助。从那天起，每天下班后的半个小时，刘小兰就教她学习打字和一些简单的操作。她坚持练习，现在已经能慢慢地打字了。

布威海丽其姆坚信学习能改变一切，因此上大学一直是她的梦想。"大学梦"中断令她遗憾和懊悔，直到进入中泰集团，她再一次获得了通过学习就能改变命运的机会，她心中的梦想有了另一种延续的方式。

像布威海丽其姆一样的人分布在各个岗位上，他们从农田和牧场中走出来，进入了中泰集团，一扇新的命运之门向他们敞开。毫无疑问，进入中泰集团为他们带来的不仅仅是一份稳定的工作，更意味着他们有更多的机会通过双手改变自己的命运，有更多的自信能够追逐自己的梦想。

赛福丁和布威海丽其姆的故事，让很多人思想稳定了，作风纪律有了明显好转，技能也有所提高。经过3个月的培训和试用期后，99%的员工已按期顺利转正，签订了劳动合同，实现了由传统农民向现代产业工人的转变，营造了“就业一人、致富一家、转移一批、带动一片”的良好社会氛围。

从江苏总部派来的年轻厂长张海兵说：“由传统农民走向现代产业工人的转变，关键是要转变他们陈旧的传统观念，让他们对生活树立起信心和目标，我们计划用3年打好基础，再提升产量和品质。”

新疆和田中泰东展服装股份有限公司董事长陈其志说：“我们的就业扶贫采用劳动力密集型的做法，这种做法是为了让贫困农民能够早日摆脱贫困。而对他们的管理就是需要像赛福丁这样的劳动模范起引领示范作用，效果显而易见。他的个人的成长经历，可以对这些员工起到带动、引领作用。”

从三尺炉台走进庞大的车间，从管理40多人到管理300多人，可想而知，赛福丁的工作量增加了很多。

但我们相信，赛福丁在这块热土上能够书写出更加恢宏磅礴的诗篇。

当兵在天边

上　秦

戍边初心没有终点，如果非要加个期限，我的目标是一辈子。

——孙超

关于这里的环境，有一组数据是这样记载的：平均海拔4000多米的山岗上，气候寒冷，空气稀薄，四季风沙，6月飞雪，全年无霜期不到60天，年平均气温零下9摄氏度，最低气温零下42摄氏度，水的沸点不足70摄氏度，含氧量不到平原的一半。

这里，被地质学家称为“永冻层”；这里，被生物学家视作“生命禁区”；这里，被当地老百姓形容为“天上无飞鸟，地上不长草，风吹石头跑，氧气吃不饱，六月下大雪，四季穿棉袄”。

就是在这里，这样一个扼杀生命的禁区，位于帕米尔高原腹地的塔什库尔干塔吉克自治县的高原上，矗立着红其拉甫出入境边防检查站。

这个雪域高原上的英雄边检站，孕育了一代一代有梦想的国门卫士。

孙超就是其中的一位，他在帕米尔高原创造了“万仞雪峰，三亩江南”的绿色奇迹，实现了常人认为不可能的绿色梦想。

一

孙超从小就立志当解放军。

1996年12月，年仅17岁的孙超如愿以偿地入伍当兵，成为光荣的人民解放军。

可是，令人想不到的是，这个河北籍的小伙子被分配到距离家乡几千公里以外，祖国最西端的帕米尔高原上的红其拉甫边防哨所。

来到红其拉甫，4000多米的海拔，一座连着一座的雪山，沟壑纵横，见不到一丁点儿绿色。

孙超在感到新奇的同时，更多的是惶恐和不安。

第二天，高山反应就不期而至，出现了头痛、胸闷、乏力、厌食等症状。晚上睡觉，脖子上像被勒了一根绳子，使他常常由于缺氧而憋醒。

和孙超一起上高原的战友吕涛，由于体质较差，一晚上流了7次鼻血，早上出操时，枕巾都被染成了血红色。

他们在心里一遍遍地问自己："我能在'生命禁区'完成3年服役任务吗?"

孙超一天天地坚持着，凭着自己的毅力和年轻、抵抗力强，慢慢适应了高原气候。

看不到绿，更谈不上吃蔬菜了。孙超看到战友们不得不靠着吃维生素片来补充身体所需，嘴唇干裂、口腔溃疡、脱发、手指蜕皮等各种不适折磨着身边的每一个人。一次，有战友从山下带上来几片绿叶，到了山上渐渐变成了黑色，但谁也舍不得扔掉。

听老战士说，由于环境的恶劣，有的人年纪轻轻就失去了生育能力，有的人父母去世不能送终、爱人分娩不能照顾，甚至有的人因为高原伤病留下了终身残疾，也有的人来不及告别就匆匆离开了这个世界。

高寒、缺氧、偏远，恶劣的环境考验着每一个奋斗在高原上的人。

身体上的病痛尚且可以忍受，孤独和寂寞对精神的摧残却是难以面对的残酷现实。那个时候，孙超每天面对冰峰雪岭，心中渴望绿色，渴望与亲人团聚。

为了排遣寂寞，孙超坚持每周给家里写一封信，但是由于常常大雪封山，一封信也没寄出过。

参军入伍是孙超儿时便有的梦想，但是在残酷的大自然面前，他的理想信念发生了动摇。

第一次收到母亲的来信是入伍后的第六个月，他激动得差点儿跳了起来。他和战友们一起围着火炉，用颤抖的手打开了信封。

母亲信里说："娃儿，家里一切都好，不要担心家里，最近你爸常常念叨你，说你这么久了也没给家里来个信。娃儿，你现在是一名光荣的边防军人，一定要好好听组织的话，安心服役，为我和你爸争光。"看完信后，孙超哽咽了，眼泪夺眶而出。

"爸、妈，我在这里一切都好，这里有车水马龙的街道，这里有霓虹闪烁的城市，不要担心我……"为了消除母亲心中的担忧，孙超把雪域高原硬是说成了城市，还选了一处最美的地方照了一张相片。在信中，他把紫黑的肤色说成是拍摄逆光造成的。但是，那张照片还是没有瞒过父母的眼睛。因为当时是7月，而他却穿着厚厚的棉大衣站在雪峰脚下。

漫长的第一年过去了。之后发生的一件事，让他改变了自己的人生。

1997年孙超18岁生日那天，排长和战友们为他端来了一碗菠菜卤水面。他知道战友们自从来到高原就没有尝到过一口新鲜蔬菜，便把菠菜叶子夹到战友嘴边，但他们都抿着干涩的嘴唇躲开了。最后，在他的一再坚持下，战友们才你一口我一口地吃完了那碗面。看着排长那双布满冻疮的手，孙超再也忍不住了，眼泪夺眶而出，抱着排长号啕大哭。

第二天孙超从炊事班得知，长寿面里的菠菜，是探家归队的干部带回来的，一共只有5棵。

这件事让孙超终生难忘。

那一刻，孙超心中升腾起一个绿色的梦，他默默地鼓励自己，一定要通过自己的努力，让官兵吃到新鲜蔬菜。

还是那一年，孙超第一次回河北老家探亲，刚放下行李，他便奔向自己家的菜园子，扑倒在绿油油的菜地上，伴着咸咸的泪水吃了一大把生菜。

家里人不知道孙超为什么这样伤心。是啊，没有在“生命禁区”体验过的人，谁能体会那种锥心之痛呢?

孙超心中那个梦再次强烈起来：一定要让战友吃上新鲜的绿色蔬菜。

二

经过两年多的锻炼，孙超这个来自河北农村的小伙子，凭着自己的憨厚朴实、吃苦耐劳，成为炊事班的副班长。

1999年8月，为解决官兵吃新鲜蔬菜难的问题，红其拉甫边防站决定建温室大棚。

边检站从十几公里外运回细土，拉来羊粪，建起了一座塑料温室大棚，任命炊事班副班长孙超为大棚的管理员。

别小看这个大棚管理员职务，边检站领导可是经过反复琢磨才选中的孙超，比选任何一个职位的干部都难，让领导们着实费了不少心思。

孙超一想到自己的绿色梦想，就信心十足、干劲十足，欣然接受了这个别人认为不可能的挑战。

接管蔬菜大棚后，他对大棚精心规划平整，松土施肥，改善土质，根据蔬菜的种类划成小块，合理搭配种上了蔬菜。

可是一年下来，付出无数心血的孙超还是挨了一连串打击，刚开始种下的菜种要么不发芽，要么发了芽长不了多长时间就变黄变枯萎。再后来，白菜开花不好好长叶子，胡萝卜抽薹硬得像木头，西红柿开花不结果，养的猪不上膘，还一天比一天瘦。

孙超很不甘心，他一想到战友们因为吃不到新鲜蔬菜，导致头发脱落、嘴角溃烂、手脚蜕皮，他就咬紧牙关，默默地对自己发誓，一定要把蔬菜种出来！

荒芜了再种，种了再荒芜，孙超咬紧牙关坚持着。

看到一次次荒芜的大棚，一名心疼孙超的驻地百姓米尔洪·扎克劝他："在高原上，人长期生存都很不容易，更何况平原上的植物呢。"

"解决不了战友和乡亲们吃不上新鲜蔬菜的问题，我就永远都挺不起腰板。"孙超不甘地说。

"在平原可以，在高原为什么不可以呢?"孙超天天扎在大棚里，翻地下种，种了又翻地。他几乎牺牲了所有的休息时间。

高原上的大风、严寒、冰雹和强烈的紫外线，对蔬菜的生长造成了极大的影响，几年的辛苦收效甚微。孙超知道，高原土层薄、生长期短并且极度严寒缺氧，不具备种植、养殖得天独厚的条件，不像河北老家那样"种瓜得瓜，种豆得豆"。即便是在这样的情况下，他依然没有轻言放弃，边检站领导也没有轻言放弃。

2000年3月，红其拉甫边检站实施"三大战役"：建大棚、修猪圈和开辟综合种植、养殖场。

高原戈壁上，边检站领导身先士卒，战友们争先恐后，挥锹夯镐挖走营区3万多立方米沙石，又从几十公里外拉回土和羊粪，平整改良土壤十几亩。

几个月下来，大家手掌上磨出了厚厚的茧皮，脸上被紫外线晒伤的新皮还没长出来，又被太阳炙烤成赤褐色，面部布满了不均匀的斑块。有的人搬石头指甲缝里被挤出了血，有的人扛箩筐肩膀被磨掉了皮，有的人握镐头时间久了，十指压根无法伸直，但谁也不喊一声苦，叫一声累。

就这样，大家把辛辛苦苦搭起来的大棚和圈舍又交到了孙超和他的团队手中。

孙超的梦想是种满蔬菜，绿满雪域。但希望越大，失望就越大。

第一次种植的西红柿、辣椒只开花不结果。在平原高产的笋子，也只长苗不长笋。

孙超没有气馁，他不断翻阅种植资料，反复进行研究，决定针对高原高寒和水分蒸发较快的特点，采用地膜覆盖技术。这一招终于见效了，绿油油的菜苗终于出来了。孙超和战友们相拥庆贺。

然而，一场大风横扫过后，温棚的塑料薄膜所剩无几，种植的黄瓜、茄子、西红柿等秧苗被连根拔起。看到刚长出来又死去的菜苗，看到自己几个月来的心血付诸东流，孙超的心像被针扎一样难受。他实在忍不住了，蹲在菜地哭了整整一个下午。

哭过之后，孙超还是不甘心。

那天晚上，他打着手电筒在被窝里写下了这样一首诗：

> 好高好高的达坂，
> 好冷好冷的冰山，
> 好远好远的边关，
> 当兵当到了天边边。
> 爱哭的算什么男子汉，
> 腿软的别来这高原，

最冷的地方站一站岗，

最高的地方摸一摸天。

那段时间，因为高原反应，更因为着急上火，孙超开始大把大把地掉头发，20多岁的小伙子，看起来像40多岁的小老头。

孙超并没有因遇到一点困难，受到一些挫折就打退堂鼓。他一个人跑到营区外边，对着冰川雪山大喊："就算我孙超的头发掉光，我也要让蔬菜在冰山上长出来!"

孙超开始如饥似渴地学习各种农业科学知识。听说喀什有位高寒地区蔬菜种植专家，他便多次写信请教；每当遇到一些挫折和困难，他就冥思苦想，想办法解决。

就这样，他一扎进大棚里就不想出来，趴在地上测地温、量酸碱，经过百余次的反复摸索、论证、试验，终于探索出了"营养钵育苗移栽法"。他总结出育苗移植、人工传粉、保温饲养、疫苗注射的经验和常见病预防的办法，使幼苗成活率大大提高，成功解决了蔬菜不结果、禽畜不长膘的问题，解决了高寒地区蔬菜种植、禽畜养殖的关键性技术问题。

那一年，孙超整整瘦了8公斤。

种植、养殖是繁重的体力劳动，辛苦、单调、枯燥。每天在地里翻土、播种、锄草、间苗、喷药和浇水，在鸡舍里喂食、收蛋、掏鸡粪，在猪舍里清理猪粪，还要开关大棚塑料膜以通风和保温，天气变化无常时一天要拉、关三四次。在菜地里一身土，在鸡舍、猪舍里一身味儿，在大棚里像蒸桑拿一身汗；趴在地上掏鸡粪，气味难闻，令人恶心呕吐。长期在这种环境中劳动，他患上了腰肌劳损，经常浑身疲惫、酸痛，但他也只是在实在疼痛难忍时吃几粒止痛片缓解。

功夫不负有心人。多年来，在经历数不清的失败、付出无数心血和汗水后，孙超终于在高原上成功种植了30余种蔬菜，使部队种植期蔬菜自给率达到90%以上，肉蛋自给率达到95%以上。

从此，几代红其拉甫人“有绿色看、有绿色吃”的梦想实现了，红其拉甫的边防官兵彻底告别了吃不上新鲜蔬菜的历史。

看着营区里绿树成荫、鸡鸭满圈、硕果累累，战友们茶余饭后漫步田间地头，品尝香脆可口的黄瓜、西红柿，孙超有种说不出的高兴和快乐。

现如今，走进红其拉甫蔬菜大棚，能看到一块醒目的牌子端挂中央，上面记录着温室的温湿度、检查情况及产菜量，各种蔬菜层次分明，黄瓜、茄子、辣椒挂满枝头。这都是孙超用勤劳的双手在帕米尔高原创造的绿色奇迹。

自承担起边防检查站的种植、养殖工作至今，孙超不断学习，苦心钻研，苦读了《反季节蔬菜栽培技术》《育肥猪饲养技术》《蛋鸡高产饲养》《兽药医学》等资料，积累学习资料50多本，针对高原实践写下了50余万字的心得体会。战友们亲切地称他为“帕米尔农学家”，但他谦虚地说：“我不是什么专家，但是我用双手在帕米尔高原创造了绿色奇迹，在海拔4000多米的冰山上当一名种菜、养殖的老兵，我骄傲。”

2000年以来，各级领导先后到红其拉甫边检站视察工作，看到花红柳绿的营区，绿意盎然的菜地，爬满枝头、鲜嫩诱人的黄瓜、茄子、辣椒、西红柿，成群的猪、鸡和鸽子，往日的荒漠戈壁变成了今日的“塞外江南”，禁不住连连赞叹：红其拉甫变样了，真不愧为全国模范边防检查站！

三

一石激起千层浪。孙超的种植、养殖技术获得成功后，不但改善了官兵的生活质量，还在驻地产生了辐射效应，引得驻地部队和地方单位纷纷派人前来学习观摩。

塔县自然环境恶劣，交通不便，信息闭塞，经济落后。2005年，塔县各乡镇领导到边检站参观学习，县领导称赞道：“红其拉甫种植基地立足高寒，依靠科学成功探索出了具有高原特点的创收模式，为我县农业经济发展起到了示范带头作用。如果每个乡镇都能有这样的示范区，帕米尔高原将前景光明。”

红其拉甫种植基地的种植、养殖经验一下就火起来了，给当地的脱贫致富、生态生活环境改善带来了前所未有的生机和活力。

皑皑雪域高原掀起了种植、养殖的大热潮。

孙超被塔县电视台邀请专门讲解、录制高原种植、养殖技术培训节目；被各乡镇邀请进行技术指导，传授大棚日常管理的方法和高原种菜的技术；被驻地口岸联检部门、解放军某部等单位邀请指导大棚建设。

为了给老百姓筹措建棚资金，孙超和边检站官兵参加《中国梦想秀》节目，为驻地争取到了50万元的蔬菜大棚资金，并主动承担起了高原种植技术指导任务。

在孙超的带领下，高原农牧民的生活悄然发生变化。

2006年，提孜那甫乡搞温室大棚试点，孙超便做起了技术指导员，深入田间地头传授种植经验，解决农牧民种植、养殖过程中遇到的难题，同年种植蔬菜获得了成功。第二年，全县决定逐年扩大种植面积和规模，引领塔吉克族农牧民群众由传统低收入的畜牧业向新型高效益的蔬菜种植业转变，实现经济转型。孙超主动走进驻地塔县电视台、人民广播电台做高原种植知识讲解，帮助边境农牧民群众早日脱贫致富。

2008年，一座座大棚如雨后春笋般在高原上建了起来，孙超便与县农业技术推广站工作人员一起深入各乡镇做技术指导，传授经验。各单位纷纷派人到边检站观摩取经，孙超则不遗余力地做好帮扶指导工作。在孙超的带动和指导下，种植户看着种出的绿色蔬菜激动不已。县领导和县农业技术推广站的工作人员对孙超给予了高度评价，种植户也非常敬重这位会种菜的兵。

自此，全县各乡镇的温室大棚种植户每年都在成倍增加。如今，塔县菜市场上供应的蔬菜数量充足、品种繁多，驻地人民群众的饮食结构有了明显改善，生活质量有了质的飞跃，同时也增加了塔吉克族农牧民的经济收入。

驻守在口岸的海关、检验检疫等联检单位为了解决留守干部和员工吃新鲜蔬菜的难题，也纷纷建起了大棚，向红其拉甫种植基地学习种植经验。孙超多次前往做交流指导，赢得了前来检查工作的领导的高度评价和肯定。

在孙超的影响和推广下，与红其拉甫边检站共建帮扶的塔合曼乡也建起了大棚，孙超先后多次为种植户传经送宝。村民阿不如苏里的父亲几年前不幸去世，初中毕业后，他便帮母亲放牧，年仅21岁便担起了家里的重担。得知阿不如苏里的情况后，孙超便将关于高原种植的20多本图书送到他的手中，并帮他做大棚种植指导，还给他送来适合高原种植的优良品种。短短2个月，阿不如苏里的大棚里蔬菜长势良好，成为村民学习观摩的基地。阿不如苏里也因此被村民称为“致富能人”，他决定明年再建2座大棚，扩大种植规模。

提孜那甫乡有位牧民叫艾米尔夏，家庭十分贫困。孙超听说后，主动找到艾米尔夏，指导他如何做好大棚种植。艾米尔夏在孙超的帮助下信心十足地搞起了种植，还经营起了牧家乐，生意一派红火，买了新房和新车，实现了脱贫致富。中央电视台《乡村大世界》节目还讲述了艾米尔夏和孙超的故事。

孙超这个“农夫”出名了，他的父母和乡亲们每每看见上了报纸和电视的他，都为他高兴，为他自豪，鼓励他在部队好好干。

鉴于孙超在高原种植、养殖方面做出的贡献，他先后被评为优秀共产党员、农副业生产先进个人、公安现役部队优秀士官、后勤工作先进个人。

荣誉既是动力，也是鞭策，时刻警醒孙超要常怀感恩之心，要在平凡的岗位上忠实履行好职责。他也深刻地体会到劳动创造的价值，决心充分发挥专业特长，再接再厉，力争把菜种得更好、鸡养得更好、猪喂得更肥，使高原特色的种植、养殖走上精细化和科学管理的模式，为模范边防检查站的建设和发展添砖加瓦，为带动驻地的经济发展、促进塔吉克族农牧民增收贡献自己的力量。

这么多年来，孙超每天的工作地点就是单位的大棚和各乡镇的种植、养殖区，让官兵和驻地群众彻底告别了吃不上新鲜蔬菜、鲜蛋、鲜肉的历史，累计为部队创造经济效益140余万元，为当地群众脱贫致富贡献自己的力量。正是这组简单的数字，记录下一个普通士兵工作、生活中的点点滴滴，体现了一个普通士兵对警营的热爱和对百姓的忠诚。

四

粗指一算，孙超到红其拉甫已经24年了，从一个青春少年变成了沉稳刚强的边防军人。帕米尔高原艰苦自然环境的磨砺、不辞辛苦的无私付出，使得刚过不惑之年的孙超脸上过早出现了皱纹，皮肤黝黑粗糙，看上去比实际年龄大了许多。

24年的岁月，孙超对家庭有着难言的愧疚。24年啊，父母亲背驼了，步子蹒跚了；和妻子、孩子少了很多相守相伴。

“儿行千里母担忧。”孙超是家里唯一的儿子，当兵前一直没有离开过父母。自从当兵以后，孙超的父母就全力支持儿子，即便是到了复员的时候，虽然他们十分想让儿子回到河北，一家人团聚，但是当儿子决定留在部队种菜的时候，他们还是流着泪支持了他。由于家里缺乏劳动力，日渐衰老的父母依然在地里劳作，即使生了病也不让儿子知道，生怕儿子担心，影响他工作。

2005年10月，中央电视台《讲述》栏目播出红其拉甫专题纪录片《当兵在天边》，孙超的父母在电视机前观看，看着儿子养的猪、鸡，还有那雪域上的一片片绿地，老人高兴得一夜没合眼，为儿子取得的成绩感到骄傲和自豪。几年来，儿子需要什么菜种，父母都会及时寄去，儿子一打电话，他们就知道要什么。为了雪域高原那一抹绿色，孙超的父母同样付出了艰辛和汗水。

当兵以来，孙超和父母在一起的日子就只有探亲的时间，加起来不足300天。所以，每逢儿子探亲回来，母亲就挨个儿把孙超喜欢吃的饭菜都做个遍，恨不得让他一次吃个够。临走时总使劲往他包里塞这塞那，还把他当不懂事的小孩子一样宠爱。

每次探亲离开的时候，都是孙超最难过的时候。他不让父母送，可每一次父母都执意要把他送到火车站。有一次探亲结束，父母又把他送到了火车站，当孙超走进候车厅回头看的时候，只见花甲之年的父母在冷飕飕的风中弯着身子，步履蹒跚，在人群中寻找着他的身影，顿时心中一酸，眼泪扑簌簌滚落下来。

此情此景，令孙超一辈子都刻骨铭心，深感愧疚。他默默地想，他不能守在他们身边，不能为他们分担什么，只有把本职工作干好，才能对得起为他默默付出的父母。

孙超和妻子相识、相爱并结婚，是从2004年经人介绍开始的。

当时，这个河北老家的美丽、善良的姑娘，只知道孙超在祖国最西边的新疆喀什当兵，至于帕米尔高原、红其拉甫哨所，姑娘一概不了解。

通过短暂的探亲假期的接触、长时间的两地鸿雁传书，姑娘喜欢孙超胸怀梦想、坚定刚毅的军人本色，孙超喜欢姑娘的善良贤淑、勤劳本分。一对火热的心碰出了火花，一对年轻人走到了一起。2005年，孙超与张永慧结婚了，新婚不到半月，他就返回了部队。

婚后，他们之间的沟通就靠打电话。每次电话中，妻子除了告诉他家里的情况外，说得最多的就是："家里你就放心吧，在部队安心工作，干好自己的事，我会照顾好父母，做一个好儿媳……"

他们每年在一起的日子屈指可数，虽然少了花前月下的相依相伴，少了二人世界的浪漫温情，少了年轻人应该有的儿女情长，但这个勤劳善良的姑娘却无怨无悔，用柔弱的肩挑起照顾孙超父母的责任，从不拖孙超的后腿。

为了了解遥远的新疆，爱人在家里的墙上挂了一张中国地图。有一次她打电话问孙超："亲爱的，我该朝哪个方向想你？"说完眼泪吧嗒吧嗒地滴。

"你朝雄鸡的尾巴上看吧，千里的边防线到处都有我们的身影。"孙超电话里这样说道。

2011年5月，孙超的爱人产下了他们的爱情结晶。从此，他的心中便多了一份牵挂。从电话里第一次的咿呀学语到小嘴里喊着爸爸，从第一次见到他迫不及待往妈妈怀里钻到黏着他玩游戏，孙超见证了一个小生命的到来给他和家庭带来的欢乐和幸福。

孙超非常喜欢自己的孩子，把孩子的照片挂在钥匙链上，实在想孩子了就拿出来看，看得眼圈都泛红了，那稚嫩的小脸儿怎么看也看不够。

尽管孙超很爱自己的父母、妻儿，但是他离不开自己钟爱的事业，他放心不下部队种的菜、养的猪。就像妻子张永慧所说："每次回家探亲，临别那几天，孙超就像丢了魂似的，总是往外跑，不知道在忙什么。”张永慧后来才知道，就是在探亲期间，孙超每天都去老乡那里打听种菜、养猪、喂鸡的方法和经验。

对相隔两地的父母和妻儿，他无法时时刻刻守在他们身边，能够表达对他们挚爱情感最直接的方式，就是把绝大部分精力和心思都投入到高原警营的种植、养殖中，把这平凡的工作当作自己至高无上的事业去奋斗和拼搏。

曾经有人问他：“一个士官在部队干不了几年，还照顾不上父母，夫妻两地分居，你这样拼命值不值啊?”他的回答却是那么朴实：“驻地群众期盼的眼神就是我奋斗的动力，只要能让大家吃上新鲜的蔬菜，付出一点辛苦和劳动，又算得了什么呢?”

孙超经常说：“边境总是要人来守的，你不守我不守，谁来保卫家园?我要做的就是在本职岗位上不断做出新的成绩，在单位成为合格的战士，在家里成为家人的骄傲。”

如今，在父母的眼里，儿子尽着为国戍边的大孝；在爱人眼里，丈夫是忠诚担当的钢铁战士；在儿子眼里，父亲是有着家国情怀的学习榜样。

五

人的一生总会遇到一些选择，选择虽然很难，但大部分人的选择会趋向功利，趋利避害。

对于孙超来说，他的每一次选择都是反其道而行之。许多人都对他的选择不理解，认为他傻。

当初服役期满，他本可以回到河北老家，但他却选择了留在寸草不生、环境恶劣的雪域高原。如今，他通过刻苦钻研种植、养殖技术，常年累月进行试验，让雪域高原的部队吃上了新鲜蔬菜和鲜肉，成为远近闻名的种植、养殖专家。在他功成名就的时候，许多单位向他伸出了橄榄枝。中国石油天然气集团公司邀请他去工作，新疆农业科学院邀请他到乌鲁木齐工作，河北一家生态园的老板想高薪聘请他，但都被他一一拒绝了。

他还有更“傻”的选择。2018年公安边防部队改革，很多战友选择了离开，如果他选择离开，可以结束与爱人14年的两地分居，可以回家赡养年迈的父母、呵护幼小的孩子，可以拿着丰厚的复员费过无忧无虑的舒坦日子。

可是，孙超却选择了留下，脱下军装，成为一名人民警察。

其实，孙超不是没有想过走，在走与留之间他进行过无数次的思想斗争。走，自然好处很多，但他已经40多岁，把人生最美好的时光都奉献给了高原，奉献给了热爱的红其拉甫。他见证了红其拉甫的发展，这里的每一株草、每一棵树和每一个人、每一处变化，自己都再熟悉不过。一想到离开之后就再难回来，实在舍不得。22年的高原情，是无法用金钱衡量的。

他毅然决然地选择了留下，他愿意当这个“傻子”。

值得欣慰的是，孙超的父母、妻子、孩子，他们知道红其拉甫对孙超意味着什么，他们知道孙超为这里付出了多少心血，孙超一直是他们心中的骄傲。对于他的选择，他们是绝对支持的，也正是因为有他们的支持，孙超才更加坚定了留在高原的信心和决心。他们说，现在交通这么发达，孙超有假期可以经常回来看他们的，他们也可以去看望孙超，红其拉甫已经成为他们一家人共同的精神家园。

如今，孙超虽然褪去了那一身橄榄绿，但始终牢记自己是一名共产党员，是模范边防检查站的一份子。他不在乎自己能挣多少钱，能有多高的职位和权力，只在乎20多年对高原那片热土难以割舍的情感，在乎为旗帜增光添彩的初心。

孙超说："退伍不褪本色，只要组织需要，我会一直坚守下去。戍边初心没有终点，如果非要加个期限，我的目标是一辈子。"

孙超说："我不能忘记走过的路，也不能忘记为什么出发，我要坚守初心，在祖国最需要的地方做最有意义的事情，活出最精彩的人生。让我在帕米尔高原的冰峰雪岭间再植一片绿！让我为红其拉甫边检站模范旗帜再添一抹红！"

孙超，一名人民警察，正在天边的雪域高原，继续追逐自己的绿色梦想。